if

～ 誰がために鐘は鳴る ～

寺 西 一 浩
KAZUHIRO TERANISHI

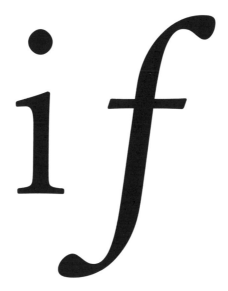

目次

第一章　誰がために鐘は鳴る

剣木《つるぎ》刑事が結婚式場に着いたのは、午前九時のことだった。新郎が警察学校のときの同期で、二十代最後の年に結婚するという報せをうけて駆けつけたのだ。しかし、着いてみてどうにも様子がおかしい。案内が出ていないのだ。受付で確認してみると、スタッフが申し訳なさそうに「お時間をお間違えかと……」と告げた。やってしまった。ロビーで手持無沙汰に周りを見渡している、同僚の鶴本沙羅のもとへと戻った。

「受付、十一時だって」

「……は？」

「すまん、時間を間違えたみたいだ」

沙羅は大げさにため息をついた。

「もう、なにやってんですか。どうすれば、十一時と九時を間違えるんです？」

「過去を責めることに意義はあるのかね？　仕方ない、適当に時間でも潰そう」

「……、私がちゃんと先輩の招待状、確認しておけばよかったです」

沙羅と新郎の同期は面識がない。彼はもう警察を辞めていて、沙羅は新卒だ。

それが急に欠席者が出たという連絡を新郎から受け、沙羅に同行を頼んだのだ。警察学校時代の同期仲間や、新郎と面識がある同僚にも声をかけたのだが、警察という職業柄、土日にも仕事が入ることが多い。ことごとく断られたところに、剣木の上官も「お前一人じゃ心配だから、沙羅君を連れていけ」と言ったわけだ。

招待状の郵送も、席次表の準備も間に合わず、沙羅は別人の名前が書かれた席に座ることになっていた。場所や時間は剣木だけが知っていたのだが、見事に間違えたというわけだ。

剣木と沙羅は、時間を持て余して会場内や周辺を歩き回った。会場に備えられた時計台は、この名物らしい。幾人もの客が写真を撮って笑っていた。唇をきつく閉じた剣木善治とは裏腹に、四月の第一週の土曜日は、新郎新婦を祝福するのように晴れ渡っていた。

「剣木先輩。その目、どうにかなりませんか？」

「目？」

「刑事の目。ここ、殺人現場じゃないですから。見当たり調査でもありませんから。捜査一課の鋭い目は、祝いの場にふさわしくありませんからね」

沙羅はロングヘアをまとめ、淡い水色のカクテルドレスに身を包んだ格好で剣木を軽く睨んだ。わずか二十二歳ではあるが、その冴えわたる頭脳には定評がある。今は柔和な目を装っているが、日頃は黒縁眼鏡をかけて、書類とにらみ合い、誰も気づかなかった矛盾点を指摘するほどに鋭い。

「沙羅君みたいに、どんな場所でも小器用に立ち回れるほど大人じゃないんでね」

「二十九歳が何を言いますか。大学を出たばかりの小娘に指摘されるなんて、刑事としてどうなんですか」

「生憎、大学出のエリートと違って泥臭く生きてきたからね。警視正のお偉いさんの娘には敵わないさ」

「また、それですか。剣木先輩とバディを組んで新人教育されている以上、今は父の役職なんて関係ありませんから」

そういうところがエリート出なんだ、と剣木は思う。剣木自身は、高校を卒業してすぐに警察学校に入った。親は旅行家——色々な国々を転々として、その場で稼ぐ男だった。母はとうに離婚している。

父の影響か、剣木自身にも安定志向がなかった。刑事も、やりたくてやっているわけではない。謎解きだけが退屈な日常を彩ってくれるという、正義感も何もない理由で警察官を選んだだけだ。沙羅をうらやむこともないが、富裕であればあるほど、恵まれた生い立ちには関心がなくなることを、剣木は思い出す。

「まあ、この俺が、誰かの新人教育をするとは思わなかったからね。適当に一人で育ってくれ。俺は俺で動く。君の面倒を見ている暇はない」

「ちょっと、剣木先輩！」

そう言って歩き出す剣木に、沙羅が慌ててついていく。今でこそ場の空気に合わせてオールバックにして礼服を着こなしている剣木も、変わり者の一匹狼だった。誰とも群れず、仮に誰かがよこしまな考えで剣木の手柄を盗ろうものなら、徹底的に相応の報復をおこない、アイツとは関わるなと言われるような存在だったのだ。

沙羅の新人教育係に抜擢されて七日目。本格的に一緒に行動するのは今日が初めてだ。自分で誘っておきながら、まったく面倒くさいことになった、と剣木は胸の内で毒づいた。

その時だった。

「きゃあああああ！」

悲鳴が鳴り響いた。剣木の目が、一気に険しくなる。悲鳴のもとを探しに走り出した剣木を「ちょっと、先輩！」と言いながら沙羅が追いかける。慣れないヒールのせいか、剣木との距離がどんどん広がっていくことも、じれったくなった沙羅が靴をぬぎ、裸足で駆けだしたことも、剣木は気づかなかった。

＊＊＊

悲鳴が聞こえた方向に向かうと、なにやらスタッフたちがザワザワと群がっている。

「警察です。通してください。何があったんですか？」

そう声をかけながら人混みをかき分けていくと、ある部屋に辿り着いた。中からは複数の人間の声が幾重にも聞こえてきて、それぞれが何を言っているのか分からなかった。

「失礼、警察です」

押し入るように無理やり部屋の中に入ると、口元を抑えた若い女性が立ちつくしていた。その横には、無線をつけた制服姿の男女がいた。おそらくスタッフだろう。

「ドレス……ドレスが」

さきほどの「警察」と名乗ったのが聞こえなかったのか、飛び込んできた剣木を会場の統括者だと勘違いしたらしい女性――おそらく新婦が涙ながらに訴えてきた。

剣木と、その後ろから息を切らしてきた沙羅が、窓際におかれたトルソーを見る。そこには、無残に切り裂かれた純白のウェディング・ドレスがあった。

「これは……ひどいな」

近寄って、切り刻まれた純白を朝の光に透かす。照らされたドレスは、もとは胸元も隠した清楚な作りだったと想定された。それが切り刻まれている姿は、この晴れの舞台にはふさわしくないほど痛々しかった。

「優奈ちゃん、どうしたの！」

そんな声がして、扉が開く。肩で息をしながら心配そうな表情を浮かべるその男性は、剣木のよく知った顔だった。

「リョウ君。ドレスが、誰かに……」

そう言って、新婦は剣木の顔見知りにすがりついた。男性は顔を上げてドレスをみて、息をのんだ。

「くそ。俺が傍にいれば……」

「……亮一。久しぶりだな」

剣木は目の前でショックを受ける男性、今日剣木を式に招待した新郎、棚山亮一に声をかけた。

亮一が振り返り、目を見開いた。

「剣木！　どうしてここに！」

「いや、まぁ、あれだ、ちょっとな、時間を間違って……」

亮一は、まだ青い顔をしていた。目の前の非常事態に頭がついていかないのだろう。

「亮一君。知り合いなの？」

「警察学校の同期で。前に言っただろ。すごく期待されてるやつがいるって」

「この人が……？」

新婦の目が、剣木を見つめる。履きつぶされた靴、それに似合わない高級な燕尾服――もちろん借りものだ――そして、固めただけのオールバック。質素といえば聞こえはいいが、外見に構わない仕事人間ともいえる。

「お客様、大変申し訳ありません！」

新婦の目が剣木を探っている間に、扉の向こうから、壮年の男性と、数人の若い男女が入ってきた。

この結婚式をプランニングしていたウェディング・プランナーたちが、勢ぞろいしたのかもしれない。

「すべて、私どものミスでございます。ドレスのそばにも、常にプランナーの誰かがいるべきでございました」

「誠に、申し訳ありません」

プランナーたちが、一斉に頭をさげる。

支配人も、再度頭を垂れた。その仰々しさに、剣木は眉を顰める。こういった「礼儀正しい謝罪」というものが、剣木は大嫌いだ。

「ドレスはこちらで新しいものを用意させていただきます。皆様の安全のために、今一度、会場を点検いたしますので……」

深く頭を下げる支配人に、剣木が「違うだろ」と口に出す。

「ちょっと、剣木先輩」

「これは、会場の責任じゃない。ドレスを執拗に切り刻むということは、新郎新婦あるいは家族への怨恨だ。結婚式前にトラブルを事前解決しなかった怠慢こそが原因であり、そもそも、このドレスの切り方をみれば右利きの人間が力任せにやったと考えられる」

そう言って、剣木は自分の顎を触った。考えるとき、推理するときの剣木の癖だ。おかげで、夕方になるころには、指紋がなくなりそうなほど親指が痛む。

「いま、会場にいる人数は限られているからな。全員に聞き込みを行えばすぐに解決が――痛っ！」

剣木が叫び、踏まれた靴をおさえて痛みに堪える。

「失礼いたしました。私たち、ここにいたらお邪魔みたいですから。すこし出ますね」

「だが、沙羅君――」

「出ましょうね、先輩」

その声には、圧があった。いや、そんな軽いものではない。虎が牙をむき出しにして、今すぐお前を喰ってやるというほどのすごみだ。もちろん、剣木は、数多の殺人犯と渡り合ってきた。年下の女性にひるむような臆病者ではない。

だが、不安そうな新郎新婦、気まずそうなウェディング・プランナーをみて、どうにも自分には分が悪いと悟った。

「……捜査が必要になったらすぐに言え。ご祝儀代わりに請け負って――。痛っ！」

再度足を踏まれて、沙羅に首根っこを掴まれるように剣木は外に連れ出された。

仮にも「捜査一課の狼」とあだなされるほど傍若無人だった善治に、こんな扱いをできるのは沙羅だけだ。そこには、親の役職もモノを言わせているかもしれないが、それよりも沙羅自身の強気な性格があるのは確実だった。

「沙羅君。君だって分かっているだろう。会場に居るのはわずか十五人。着替える前の私服姿だった新婦と、新婦の横に控えるウェディング・プランナーを見れば、あの部屋に入ってすぐに悲鳴を上げたこともわかる」

剣木は、新婦の控室から、ロビーに移動しながらまくしたてる。

カーペットが敷かれたロビーには、歓談する客たちが集まり始めていた。結婚式に参列するであろうゲストたちが、美容室でセットした髪を気にしながら話し続けている。

沙羅は、客たちに聞こえないようにささやいた。

「ええ、そうですね」

「君が配属されてから、初めての事件なんだ。俺と沙羅君が本格的な捜査をともにするには、もってこいじゃないか」

「お断りです」

「なぜだ！」

唐突に大声を上げた剣木を沙羅が睨みつける。眼力だけで「黙れ」と言わんばかりの沙羅に気圧された剣木の手を、沙羅は黙ったままむんずと掴み、その場から連れ出した。人気のない白いソファ席に座った沙羅の足は、まだ裸足だった。

「分からないのか？　犯行が行われたのは、会場が開いてから、新婦が部屋に入るまでの間。つまり、犯人はその時間にいた人間にかぎられる。まずは結婚に好意的ではない連中に聞き込みを行えば――」

「剣木先輩。あなたは刑事としては一流ですが、人間としては三流です」

「何が言いたい」

「ここは結婚会場なんですよ。そんな場所で、他の人に聞こえるように事件を話すなんて、ありえません」

「だが、事件は実際に起きている。解決しなければ」

「その必要はありません」

沙羅が、ソファの上で足を組む。

あらわになった沙羅の足を見て、剣木は隠すようにその前に立つ。それは、特別な感情があるからこそやったとか、剣木が優しいからではない。身についた習慣のようなものだ。人目が少ないとはいえ、見られる可能性がある場所で見られてはならないものを隠す、習性とも言える沁みついた行動だった。

「結婚式には、トラブルがつきものです。浮気が発覚したり、元恋人が略奪しにきたり。それをいちいち大事件にしていたら、結婚式の半分は執り行えませんよ」

「……冗談だろ」

呆れたように剣木は言ったが、沙羅は「本気です」と真剣な顔でうなずく。

「三分の一が離婚する時代ですよ。元から問題のタネはあるんです。それで、皆そういうのを隠して幸せを装うんです。先輩はそういうのに疎くて、すぐデリカシーのないことを言うから、だから私がわざわざ付き添うことになったんですよ。休日に、教育係の先輩のために、そのスーツまであつらえて！」

「欠席になった人の分、タダでコース料理食べられるって、はしゃいでいたじゃないか」

「それは……また別の問題です」

沙羅はそう言って、視線をそらした。

教育している新人が、食に関しては妥協しない性格であることを、この数日で剣木も理解している。

「それにほら、先輩一人だったらフルコースも内側のナイフから食べそうだし」

「違うのか？」

「違います！　大体、あのドレスだって、使ったのはカッターですよね。胸やお腹とかには、大きな傷はありませんでした」

「つまり、新婦を殺害するような示唆ではないと？」

「そうです。あれは、先輩のいうように怨恨で、犯人は昔の恋人とかでしょう。でも、ドレスを切り刻むくらいしかできない臆病者です。これ以上の犯罪はないですよ」

剣木は、数秒目を見開いてから、大きな息をついてソファに座った。

「分からん。そんな状態で、なぜ結婚なんてしたいんだ」

「なんて、ってことは。先輩は、結婚にいいイメージがないんですね」

「捜査一課だからな。婚姻関係にある男女が、ＤＶや浮気の末に殺人事件を起こすなんて日常茶飯事だ。うちの親だって……」

そこまで言って、剣木は言葉を区切った。

沙羅も、悟ったように、それ以上は聞かない。誰にでも事情がある。そのことを、捜査一課に若くして入った二人は、よく理解していた。

「……リスクヘッジですよ」

「なんだと？」

「共働き夫婦なら、結婚することによって、総資産が増えます。どちらかが病気になった時にも、片方が生計を担うことが可能です。片方だけが働いている夫婦でも、子育てや家事などの担い手が増えることで日々の負担が減ります。人生におけるリスクが減るってことです」

「だが、憎み合う夫婦もいるぞ」

「結婚前のリスクが、結婚後のメリットより大きくなったんですよ。それだけ」

「やはり、俺には分からんな」

「それでいいんじゃないんですか。何もかも分かる必要はない。分からないままつづけていけばいい。仕事も、結婚も、そんなもんですよ」

剣木が、裸足の沙羅をじっと見つめる。

沙羅は居心地が悪く、靴を手に取って少し身を引いた。

「なんですか」

「君は、たまに二十二歳とは思えないことを口にするな」

「私も一応、警視正の娘なんで」

そう言って、ハイヒールを履こうとする沙羅の前に、剣木は膝をついた。

沙羅の白いヒールを手に取り、小さな足に履かせる。バックパッカーになる前は役所の福祉課や戸籍課で働いていた父親は、実は海外在住の経験が長かった。レディーファーストの概念も、早いうちから剣木に叩き込んだのだ。

「……先輩は、帰国子女でよかったですね。こういうところがなかったら、ただの人格破綻の仕事人間でしかありませんよ」

「別にそれでもいいが。まあ、君がいつか結婚するときには、何も問題が起こらないことを祈ろう」

「どうして？」

「事件が起きれば、俺は出向いて謎を解決したくなる。また君に小言を言われそうだからな」

そう言って両足にハイヒールをはめ終わると、剣木は立ち上がって埃をはたいた。

沙羅も、剣木の手を借りて、ソファ席から立った。水色のドレスが皺になっていないか確認する。

「担当した新人君が、俺のもとを飛び立って結婚すると思うと、少し寂しいがね」

「いつの話をしているんですか。新人七日目の刑事に言う台詞じゃありませんよ。教育担当として、まずはしっかり捜査の腕を仕込んでください」

「捜査ばかりの人生はつまらないと、周りはいうがな」

「私は仕事と結婚するつもりなので。剣木先輩もそうでしょう？」

「答えるには、まず結婚という隠喩があっているかから議論する必要があるが……。ああ、君」

剣木が、新婦控室へと向かうウェディング・プランナーに声をかける。

「ちょっと、先輩！」

「今日はウェディング・プランナーが足りないのか？　それとも職務怠慢か？」

プランナーは、困惑しつつも、丁寧な口調で返す。

「お客様、もう少し詳しく話して頂いてもよろしいでしょうか？」

「ドレスの件だ。支配人らしき男は、プランナーがドレスの傍にいるべきだったと告げた。だが、それは叶わなかった。その理由を聞いている」

「はい。その件は誠に申し訳ないと思っており……」

「御託はいい。クレームでもない。俺は単純に理由を聞いているだけだ」

剣木の言葉に、沙羅が言葉を添える。

このままでは埒が明かないと判断したのだ。剣木は実際、怒っているわけではない。だが、そう見えてしまう話し方をするのだ。

「この人、口が悪いだけなんです。ただ、人が足りなかったんですよね」

「ええ……。それを理由にしてはいけませんが、本日、私用と怪我で二名が休みを頂いておりまして……」

「人手不足による人員配置のミスか。新婦控室にいるとなると、新婦との密接な会話が想定される。ベテランの不在による監督不行き届きというわけだな」

「先輩！　……すみません。お忙しいところ、失礼しました」

沙羅はそう言って、歩き出す。

プランナーは混乱したまま、一度頭を下げる。そしてそのまま、新婦控室へと再度向かった。

他の同僚と同じく、謝罪に行くのだろう。

「ドレスの切り裂き魔に隙を作ったことに関しては、会場側の責任かもしれないな。だが、やはり切り裂き魔を生み出した怨恨自体が……沙羅君。ダメだ。やはり俺は、この事件には続きがあると思う」

「どうしてですか」

「たしかに、ドレスの腹や胸は切り裂かれていなかった。だが、触った限り、その部分は、堅かった」

「堅い？　最近のドレスには、コルセットは入ってないはずですが」

「コルセットが何なのかは知らんが、カッターで切れるようなものではなかったな。布が分厚くて、凸凹していて……」

「あっ！」

沙羅が、思わず声を出す。ドレスの形状を思い出しながら、自分の推理不足を恥じるような顔をした。

「そうか。刺繍だ。あれだけの豪華な刺繍をしていれば、分厚い布が必要。形を保つためにも、その分厚い布がコルセット的な役割を果たしていたのかも」

「本を焼く者は、人を焼く者になる。同じように、ドレスを切る者は、人を殺す者になる。もしドレスで終わらなかったら、死人が出る」

「考えすぎですよ」

「それでもいいさ。推定や仮定で物事を考えているうちは、未来を変えることができる。だが、【ＩＦ】の答えが出てしまっては、死人が出る。その前に動くのが、俺ら刑事だ」

「また、【ＩＦ】ですか」

沙羅はため息をつく。バディを組んで七日。剣木の口ぐせでもあり、これこそが剣木の本質だ。刑事としては一流だということを象徴するような言葉だった。尊敬したのもつかの間、「それに」と剣木は続ける。

「ドレスを切り裂く犯人。その謎は解いたことがない。これは楽しくなるぞ」

「返して！　先輩を見直してしまった私の純情を返して下さい！」

「評価を、勝手に変えたのは君だ。そもそも、感情の返却など不可能だ」

「もういいです。それより、積もる話があるんじゃないですか。ご友人、お待ちですよ」

その言葉に目を向けると、新婦控室のすぐそばに、新郎――警察学校の同期が立っていた。

「亮一……」

「では、私は、これで」

呆れたように沙羅が去ると同時に、亮一が歩いてくる。その顔は、久しぶりに同期に会えた嬉しさよりも、一連の事件への疲弊のほうが濃かった。

午前九時二十分。今日は、長い一日になりそうだった。

＊＊＊

聖母マリアのステンドグラスが、剣木と亮一を見下ろしていた。

白亜の式場の中で、寄木のベンチに座りながら、二人は朝の光に照らされていた。

「五年ぶりかなぁ。ほら、二十四くらいのとき、同窓会があっただろ。みんなで集まって、居酒屋のひとには迷惑かけたっけ」

「訂正しろ。問題行動を起こしたのは、俺が捜査一課に入ったことをやっかむやつらが、酔い潰れて暴力沙汰を起こしただけだ。それから、お前が警察をやめたことに文句をいうやつを、俺が少々――正義をもってさばいただけだ」

「あいつら、しばらく家から出てこれなかったんだろ？　剣木は、いつもやりすぎなんだよ。警察のくせに正義がコロコロ変わるしさ」

「正義の変わらない人間なんていないさ。警察だからと言って例外にはなりえない。……おれは、人間としては三流らしいしな」

「なんだ、それ？」

剣木は、腕組みをして口をつぐむ。根に持つタイプだと、沙羅に言われたことを思い出した。

「まあ、いいや。折角来てくれたんだしさ。あんなことがあったけど、楽しんでいってよ」

「嫁さんとは、どこで会ったんだ？」

「あの同窓会の時だよ。バイトしてた女の子」

「意外と手近なところでくっついたんだな」

「百歩くらいの距離にいるひとと一緒になるのが、一番しあわせなんだよ。剣木と違って、俺はレディーファーストが染みついた帰国子女でもないしね」

「別に染みついちゃいない。女は嫌いだ。男よりマシというだけだな」

「まあ、だから捜査一課なんてやってられるんだろうけど」

亮一は少し笑う。口元を隠すように笑うのが、亮一の昔からの癖だった。

「……それで？」

「うん？」

「犯人は誰なんだ、亮一？」

穏やかだった旧友の顔が固くなるのを、剣木は静かに見つめていた。警察学校の同じ部屋で、同じ寮で学んだ者同士だ。些細な変化は分かる。ここまで露骨な変化なら、より分かる。

「お前はあの時、こう言った。『クソ、俺が傍にいれば』。事件を予想していなければ、出てこない台詞だ。普通だったら『誰がこんなことを……』なんて台詞になるはずだからな」

「……さすが捜査一課」

「素人でもわかるさ。お前はわきが甘いんだよ」

亮一は、深く息を吐く。寄木細工の椅子に背を預け、聖母マリアを見つめる。

「見逃してくれないかな」

「なんだと？」

「犯人は分かってる」

「ならば……。この犯人は、新婦を殺害する可能性があるよ」

「いや、ない」

亮一は、まっすぐな瞳でそう言った。

剣木のほうが驚くほどの真剣さだった。

「あの子は、あれ以上はできないよ。だから、忘れてほしい。ドレスも用意してもらえるし、何事もなかったように式をつづけたいんだ」

「沙羅君も――俺の部下もそう言っていた。あれ以上できない、と。だが、犯行というのは、雪だるま式に大きくなることもある。元刑事ならわかるだろう？」

「元刑事だから、小さな事件だけで終わることがあるのも知ってるよ。犯人が、最初の事件で怖気づいて動けなくなることもね」

そう言って、亮一は立ち上がった。

「妻には、安心して今回の式を楽しんでほしい。聞き込みとか、絶対にしないでよ。犯人探しもいらないから」

「だが、俺は刑事で――」

「違う。列席者だ。俺の門出を祝う、友人だ」

亮一の目が、優しく剣木に注がれていた。

「頼むよ。善治。俺の生涯一度のお願いだ」

剣木は、足を組みなおした。

そこまで言われて断るほど無粋な男ではなかった。

「……警察学校時代、なにかと上官に目をつけられていた俺を守ってくれたのは、お前だ。だから……いいか、今回だけだぞ」

「ああ、勿論」

そう言って、亮一は式場を後にした。剣木にはよくわからないが、色々な準備があるんだろうと推察された。

昼前になった光に照らされる亮一の背中は、神々しいほどに美しかった。

＊＊＊

「で、剣木先輩は、何をしているんですか？」

沙羅が、冷たい瞳を向け、呆れた声でそう聞いた。

「何がって、なんだ？」

「新郎には、犯人を探さないって約束をしたんですよね？　なんで、いま式場の名簿をみて犯人捜ししようとしているんですか」

「これは俺がやっているわけじゃない。沙羅君、君だ」

「私？」

「そう。君が刑事として、見過ごせない事件だと思って探している。それを俺は手伝っているだけだ」

沙羅は呆れたように頭を抱えた。

「先輩って、刑事なんて仕事は嫌いだ。辞めてもいいって言う割に捜査は好きですよね」

「捜査はパズルと同じだ。推測が真実に変わる瞬間の愉悦は、世界で一番気持ちいい。だが、別に警察に固執しているわけではない」

「それで、固執してないと言われても。というか、やめろと言われたことはやめた方がいいですって」

「亮一は『あの子』と言った。つまり、亮一よりは年下。あるいは、昔の恋人に絞られる」

「話聞いてます？」

「聞いてると思うか？」

列席者名簿にカメラを向ける剣木を、沙羅が必死に隠そうとする。協力するわけではないが、こんなところを見られたら、この結婚式にはいわくがあるというようなものだ。

沙羅は、ため息をついた。こうなったら、とことん付き合うしかないと覚悟を決めたのだ。

「しかし、昔の恋人などは普通は呼ばないか」

「そうとは限りませんよ。実際、私の従兄弟は、元恋人を三人呼んでましたし」

「三人！」

「まあ、それは珍しいパターンですけど。自分の常識を他人も共有していると考えるのは傲慢です」

「まあ、それは確かにそうか」

「で？　亮一さんの関係者だけ調べるんですか」

不審そうに見える客たちの目から剣木を守りながら、沙羅が尋ねる。

剣木は、いいや、と答えながら無心にカメラを取っていた。

「それでは、片手落ちだ。花嫁側の知り合いも、亮一が知っていて仲が良ければ『あの子』という可能性がある。そちらも調べる必要があるな」

「ちょっと、シャッター音立てないでください。せめて無音カメラで……」

「あのぅ」

沙羅の声を遮ったのは、老齢の女性の声だった。

剣木が振り返ると、着物姿の老齢女性と、スーツ姿の老齢男性がいた。

「剣木君……ですよね。ほら、一度、うちに泊まりに来たでしょう？」

「ああ！　亮一のお父さんとお母さん」

「覚えていてくれてよかった。さっきはごめんなさいね。大変なことになったみたいで」

「いえ、刑事ですからこれくらいは」

その言葉に、「刑事!?」と数人の列席者たちが振り向く。

剣木は、また足元に痛みを覚えた。沙羅の仕業である。

「もちろん、何も事件は起きていませんが、亮一さんも元刑事ですものね。先輩が、警察学校時代には亮一さんにお世話になったみたいで」

「まあ、お世話だなんて。でも久しぶりに会えてうれしいわ」

わざとらしいくらい大声で説明台詞を言いつのる沙羅に、周囲の人々も安心したようにまた元の話題に戻った。

剣木としては、沙羅の世渡り術には感謝している。だが、そのたびに刑事の命ともいえる足を踏まれるのは納得がいかない。

「うちの息子は、ほら、内気な子だろ。剣木君と出会えてよかったよ。君のことを話すときは、亮一も楽しそうだったからね」

燕尾服の父親が、嬉しそうに言う。

母親も、父親の目をみて、微笑んだ。

「あの、ここじゃなんですから、場所を移動しましょうか」

そう言って、沙羅は首をかしげた。かわいらしく、邪気のないように。

名簿を無音カメラで撮っている剣木を隠すように、愛らしい笑顔を作って。

＊＊＊

「君たちにはなんてお詫びしたらいいのか」

そう言って、亮一の父親――法明は頭を下げた。名前の通り、社会学者として名をあげた人だった。母親の亮子は兼業主婦だったが、父と、父と同じように専門職に就いて専心する息子をよく支えた、と剣木は亮一からよく聞かされていた。

会場に備え付けられた小さな喫茶店で、客は数人しかいない。花を沢山飾ったおしゃれな店内で、ドリンクは高かったが、話すだけの価値はあると剣木は考えていた。

「あのドレスの事件、知っているの、お二人だけなんです」

そう言って、亮子はうつむいた。法明が、心配そうに妻を見る。

「まさか、結婚式に、こんなことが起きるなんて。優菜さんも気落ちしていて、見てられないわ」

「優菜？」

「先輩、新婦の名前です」

「ああ……」

剣木が首をかしげると、すかさず沙羅がフォローする。

「いい加減、事件の関係者の名前くらい覚えてくださいよ」

「一々、そんなことに脳の記憶容量を割いてたまるものか」

「そんなことって……」

「まあまあ、お二人とも。社会学者の僕もね、人の名前を覚えるのは苦手だから」

法明から思わぬフォローが入って、剣木は、おや、とこの新郎の父を見直した。法明は紅茶に砂糖を五つも入れながら、亮子のひんしゅくを買っていた。

「甘党ですか」

「そう。ちなみに甘党の人間は、味覚としての甘さが好きな者と、緩慢な自殺をしたがるものの二パターンに分かれるよ」

「自殺、ですか」

「過度の糖分を摂取することは、生活習慣病や糖尿病など、あらゆる疾患リスクを高める行為だ。それを知ったうえでも糖分を欲するほどストレスにさいなまれているもの、という意味だね」

「あなたは、どちらで？」

「さて。刑事さんたちの推理にお任せしますよ」

そう言って、砂糖がたっぷり入った紅茶に口をつけた。ほとんど紅茶の味はしないのではないかと思ったが、それを口に出すのは野暮というものだ。緩慢な自殺を望むものを止めるほど、剣木は優しくはない。

「お二人は、どんな仕事をされているんですか？」

「私は、不動産屋さんでパートをね。週に三日だけだけど」

「それは、大変な仕事ですね」

「そうなのよ。事故物件ばかり扱うところでね。事件があったところは家賃も下がって大家さんもご家族も大変だし。この人は……」

「社会学者だよ」

と、法明は、すこし誇ったように言った。

「社会学……」

「そう。社会現象が起きるメカニズムを、統計データを用いて分析するんだ。世の中で当たり前と言われていることを『本当に当たり前なのか?』と問いただすものだね」

「例えば?」

「情報化社会では、インターネットの普及によって、在宅でも仕事ができるようになった。ネットスーパーが使えるようになったよね。元々、ネットというのは、人間は善意の生き物であるという前提ででき上がっているからね。すべてがうまくいくと思われた。ところが……」

「デメリットも多かった?」

「そうだ。在宅でも仕事ができる分、残業時間が月に400時間を超える人も急増した。電話やFAXを使っていた時代に比べて、メールならレスポンスも早い。その分、仕事もふえ、ブラック企業が常態化した」

たしかに、この喫茶店の客の半数ほどは、アイパッドで仕事の資料を作っていたり、ビデオ会議をしていたりする。これは、二十年前には考えられなかった光景だろう。

「こうした社会のひずみから逆算して、今後も起こりうるネットのメリット・デメリットなどを解明し、世間に知らせ、今後どうするべきか伝えるんだ」

「なるほど……」

「プロ野球に入団したけれど、二軍で終わって早期引退した高校球児の調査なんてのも行うね。新卒採用の流れに乗れなかった若年層にとって、現代社会は、やり直しの効かない不幸な社会だ。どうすれば社会が変革でき、今まで不運だった人々が救われるのかを解明して、論文や書籍として発表するんだよ」

「つまり、世の中を良い方に変えるための学問ってことですか」

沙羅の言葉に、法明の顔がパッと輝いた。子どものような顔で、社会学が本当に好きなことがよくわかった。

妻の亮子は、暗い顔をしている。一心に何かを研究する者の家族の負担が大きいことを、剣木は身をもって知っていた。父親も、世界を渡り歩きながら、何かを調べているようだった。その「何か」の名前は分からないが、おかげで放置され、食事もとれなかった日々は忘れがたい。

亮子は、左手で紅茶を飲みながら俯いている。この世代には、無理やり右利きに矯正された人も多いが、珍しい、と剣木は思った。

「社会学とはね、世界を変えるためのものだよ。よりより社会、よりよい倫理観、よりよい世界を作るための学問。不幸だった人を救うために、その不運の理由を社会に求め、社会の変革を求める」

「なんだか、政治家みたいですね」

「よく言われるよ。誰もが幸福に生きられる社会が、僕が求めているものだからね。活動家、とも言われたことがあるよ」

確かにそうだろう、と剣木は思う。フランス文学の研究論文を発表しても、世の中の不運は減らないだろう。だが社会学の研究論文なら、議員に使われることもあるだろうし、社会の変革活動の一端を担うこともあるかもしれない。

亮一から、父親の情報を聞かされてはいたものの、間近で聞いてみると、知らないことも多いものだな、と剣木は思った。

「そう考えると、優菜ちゃんは大変だよ。親御さんもいないからねえ。俺たちが守ってあげないといけないのに」

法明の言葉に、亮子が顔をしかめる。

「あなた、やめて」

「だって、そうだろ。親御さんを早くに亡くしているんだ。親戚も頼りにならないし、ここは、年配者として、俺らが頑張らないと」

「だからって、勝手に人の家庭環境を言わないで。そういうの、よくないわ。アウティング、とかいうんじゃなかったかしら」

「ああ……」

法明は初めてそれに気づいたようにつぶやく。アウティングとは、本人のいないところで、本人の許可を得ずに、本人の個人情報を勝手に話すことだ。性指向などが有名だが、個人的な来歴などもそれに該当する。

法明も言い過ぎたと気づいたのか、「すまない、忘れてくれ」と剣木たちに告げる。

「そうですね、忘れましょう」

「いやに素直ですね、先輩にしては」

「全部忘れるんで、教えてください。優菜さんを恨んでいるような人に心当たりは？」

「ちょっと、先輩！」

沙羅が慌てて止めようとするが、いくら沙羅でも、「捜査一課の狼」を事件捜査から引き離すことはできない。

「結婚式にはトラブルがつきものだと聞きました。だが、ドレスを切り刻む、というのは、よく聞く話ではありません——少なくとも、私は」

「一着数百万するものもあるからねえ。立派な器物破損だよ」

剣木の言葉に、法明ものんびりと答える。社会学者ならではの、事件に動じない性格がうかがえた。

「あるいは、亮一を恨んでいる人でもいいんです。この結婚に反対している方がいるならば、教えてくれ。——もちろん、こっそりと、列席者たちには分からないように動く」

途中からは、睨んでいる沙羅の目を見ながら告げた。

剣木としても、警視正の娘を怒らせるのが得策でないことくらい知っている。

「恨んでいる人、と言われても。亮一は、あの通りのんびりした性格ですから……」

「優菜ちゃんもいい子だからね。恨んでいるというよりは、別の感情かもしれないよ、剣木君」

「と、いうと？」

「優菜ちゃんは苦労したんだ。親は中学の時に死んで、親戚の家で暮らしながら、大学にも行ったんだ。フランス文学もおさめて、いまでは翻訳家として活躍している」

「あなた……」

亮子は止めるが、法明は止まらないし、勿論剣木も止めようとはしない。

刑事としては、話してくれた方が嬉しい。そして、謎が好きな個人としても、法明のような人間は非常にありがたかった。

「それは、頑張りましたね」

沙羅が、心底尊敬したようにいう。フランス文学部に入るのは、沙羅の出身の旧帝大に入るよりは簡単なことかもしれない。だが、それを実生活で活かせるかとなると、話はまったく別だ。

「フランス文学部を卒業したからと言って、翻訳家になるのは並大抵のことではないはずです。しかもそれで生計を立てられるなんて」

「そうだろう。本当にいい子なんだよ。奨学金だってね、学年一位しかもらえない成績優秀者用の高いものだったらしいからね。優菜ちゃん以外の子からは、恨まれたという線もあるよ」

「さすが、社会学者。で、今日は、優菜さんの友人は？」

「先輩……」

沙羅はもはや、引き留めるように腕を引くだけだった。剣木が止まらないことはわかっているが、止めようとするのをやめてしまったら、剣木はどこまでも走って行ってしまいそうで怖かった。

一方の亮子も、左手で夫を引き留めている。だが、こちらも止まらなかった。どうも、この二人は似ているところがある。

「数人来てるはずだよ。席順を決めるときに、亮一が悩んでいたからね。なんでも、二つグループがあるけど、そのグループ同士で仲がいいとは言えないみたいで」

「あなた、その辺にしたら？」

亮子が、また顔をしかめる。

だが剣木としては、この機会を逃すわけにはいかなかった。

「お母さん。俺にとっても亮一は友人です。その友人が困っているんですから、話を聞くのは当然ですよ」

「でも……」

「そうは言っても、僕の知ってるのはこれくらいだけどね。まあ、でも僕からも頼むよ。あまり、派手な捜査はしないでくれ」

そう言って、法明は頭を下げた。亮子も、法明の突然の行動に驚きながらも、ともに頭を垂れる。

「あの、おやめください。そんな」

沙羅が慌てて言うが、法明と亮子は顔を上げない。

「亮一と、優菜ちゃんの晴れの舞台なんだ。ドレスのことは悔しいが、これ以上、おおごとにしたくない。頼む、分かってくれ」

「お願いします」

剣木は考えた。剣木には、親から子供への愛情というのは、よくわからない。父は自由を謳歌していたが、その分、息子への関心は薄かった。そのことを恨んだことは一度もない。ただ、愛情だのなんだのという一般市民が口にする言葉を習得できなかったことは、刑事としては短所だと思っている。

「……分かりました」

数秒後にこたえた剣木の声に、沙羅がほっとしたように息を吐いた。

「ご両親を悲しませるわけにはいきませんからね。……どうぞ、よいお式を」

剣木はそう言って、首を少しかたむけて微笑んだ。安心させるような顔に、法明と亮子はようやく安堵して顔を見合わせる。

沙羅も、いくら剣木だろうと、老齢者の願いには応えないわけにはいかないのだと安心したのだった。

＊＊＊

「……で、また何してるんですか？」

「なにって、なにが？」

　大きなガラス窓の前で、剣木は涼しい顔をしていた。沙羅は先ほどと同じく、呆れた顔をして頭を押さえている。

「この会話、二度目ですけど。新郎のご両親に約束しましたよね！　派手な捜査はしないって。大事にはしないって！」

「そうだ。だから、派手な捜査はしないし、大事にしないように新婦に話を聞きに来たんじゃないか」

　二人がいたのは、新婦の控室だった。

　新婦はスタッフには部屋を出てもらい、一人でドレッサーの前に座っている。言い争う二人を見ながら、目を見開いていた。

　大きな目と通った鼻、小さな唇と、かわいらしい女性だった。

　背は平均よりすこし低くて幼い印象だったが、その相貌からは頭の良さが伝わってくる。新しいウェディング・ドレスも、首元がつまった清楚なもので、少女らしい可憐さもある。ベールには美しい刺繍がほどこされており、白い花畑にいるように見えた。

　亮一にはもったいないくらいの女性だ。いや、亮一もいい人間だからつり合いは取れているのか、などと剣木は考えていた。

「ドレスの件の、捜査、ですか？」

「答えなくていいですから。これは先輩が勝手に……」

「いえ、私は、調べてほしいです」

新婦は、両手を強く握って、震えるように答えた。

「こんなひどいことするなんて。何かあるなら、私に言えばいいじゃないですか。ドレスを傷つけるなんて……」

「そうですよね、本当にひどい……」

共感してうなずいた沙羅だったが、その次にでた新婦の言葉に目を見張った。

「ほんとに！　高いんですよ、これ！」

「……意外と現実的ですね」

新婦は、可愛らしい顔に反して、冴えた目でうなずく。

「お金には苦労してきましたし……。どなたかから聞いたんじゃないですか。私、親が早くに亡くなっていて」

「なら、話が早い。君、誰かに恨まれてないか？」

「え？」

「剣木先輩！」

沙羅が声を荒げた途端、剣木は、自分の足をサッとひっこめた。踏もうとした沙羅のヒールが、所在なさげに赤い床に漂う。

剣木だって、踏まれてばかりはいられないのだ。

「君は奨学金を貰っていた。学年一位を四年連続でとったおかげで、四年間、学費は半額だった。いまの大学は、昔と違って高い。奨学金を優先してとれたあなたが恨まれても仕方ないはずだ」

「……あの子たちは、そんなひどいことはしません」

「あの子たち？」

「学年二位や、三位だった子たち。今日も来ていますが、仲良かったんですよ。みんな目標があって頑張ってる子で、そんな、ドレスなんかを斬りつけて溜飲を下す子たちじゃありません」

「人間、裏の顔はわからないぞ」

剣木は、窓際の椅子に座って足を組んだ。

新婦の目が、剣木の目に注がれた。捜査一課特有の、相手を威圧するような眼は、いまは薄れている。代わりに、憐れむような眼を純白の新婦に注いでいた。

「表では笑っていても、裏では殺したいほど憎む。そして実際に殺してしまう。そんな例を今まで何度も見てきた。あの子たちはいい子です、っていう言葉ほど信頼できないものはない」

「でも……」

「君は命を狙われているかもしれないんだ。もっと真剣に考えたほうがいい。人間はな、金が関わると我を失う。普段しないことでも、金が関わると感情的になり、理性的な結論を見いだせなくなる。これは、捜査一課に在籍するものとして、真理だと確約できるな」

新婦は悩んだように目を伏せた。片腕を、もう片方の手でぎゅっと握る。その手の力強さに、二の腕がうっ血し始めるほどだった。

剣木が、なだめるように微笑む。もちろん、言葉を引き出すためのもので、沙羅は、若干、身を引いた。その笑顔に、腹黒さがにじみ出ていたからだ。

「まあ、そんなに悩まなくてもいい。君にしてほしいのは、列席者名簿のなかから、お友達の名前を教えていただければいいだけだ」

そう言って、剣木は、先ほど無音カメラで撮った名簿を新婦の前に差し出す。

「でも、答えたら……」

「多少は、皆さんに質問することもある。でも、まさか刑事が『あなたはドレスを切り裂きましたか?』なんて聞くことはない。相手も気づかないくらい雑談程度に会話して、関係ないと分かればすぐに去る。それだけだ」

そんな剣木に、沙羅が胡乱な目を向ける。「絶対に、それだけで済むはずがない」と知っている顔だった。

「私、みんなに感謝しているんです」

新婦——優菜の突然の言葉に、剣木が目を細める。早く名前の一覧が欲しいだけの剣木にとっては、それ以外の、捜査に必要なさそうな情報は不要だった。

「小学校の時に父親が、中学で母が亡くなって。それ以来、親戚の家を転々として。毎日勉強漬けの日々だったから、大学に入って、はじめて青春、っていうのができたんです。友達と朝まで楽しく話すとか、今までやったことがなかったから本当にうれしくて……」

「そんな話はどうでもいい」

「先輩!」

「どれだけ仲がいい友達だろうと、裏切る時は裏切る。今まで捜査していてね。怨恨を持っていたのは、自分が親友だと思っていた優しいやつだった、なんてのはよくあることだ。さあ、答えろ。誰だ？」

そう言って名簿をさしだす剣木の遠慮のなさに、沙羅はもはや唸ってみているしかなかった。ここで止めたら、すでに涙目になっている新婦が、化粧をおとすほどに号泣するのは目に見えていたからだ。

「この、四人です……」

そういった新婦に、剣木は礼を言うこともなく、踵を返して立ち去った。

＊＊＊

「優菜？　優しい子だよ。私が悩んでいるときとか、ずっと話聞いててくれてね」
「勉強もすごい頑張るしね。仕事だって、締め切りもクオリティもちゃんと守ってるし」
「私の優菜と結婚するんだから、文句の一つも言ってやろうと思ったのに。夫さん、結構いい人そうで拍子抜けしちゃった」

待合室から少し離れたテラスに固まっていた一群に話しかけると、そんな答えが返ってきた。あっけらかんと明るい三人で、剣木は沙羅と目を合わせる。風に吹かれながら三人は幸せそうだった。

犯罪をしたばかりの人間というのは、どこか昏《くら》さがある。いや、人間生きていれば、どこかしら仄暗いものを持つのだが、犯行にまで及ぶ人間は、それが一層に濃いのだ。

ドレスを切り刻むという怨恨の渦巻いた最終終着点のような行為をしておいて、その様子を一切見せないなら、たいした女優だ。そんな大女優ならば、いるべきは一般の会社ではないだろう。

「仕事？　えーと、私は貿易会社。ヒナは翻訳会社で、アキちゃんはフランス系の外資系企業だね」

「なるほど。大学時代の経験を仕事に生かしているというわけですね」

「そうそう。優菜も、ヒナの翻訳会社から仕事貰ってるしね」

「優菜、すっごい評判いいからね。これからも一緒に仕事ができるのは嬉しいよね」

そういった三人の顔には、一切の曇りがなかった。剣木と沙羅は顔を見合わせて、早々にその場を離れた。

話題が、貿易会社の不況と、それによる日本経済への影響に話が移ったからだ。フランス系の外資系に勤めるという女性と、手を組んで互いの会社の利益に繋げられないかと話しはじめている。

「勝ち組だな」

と、剣木は、ぼそりと呟いた。

「大学時代の専門を、仕事で生かせるなんて、早々ない。哲学科や化学科の学生が、一般会社の経理に就職するなんて、当たり前に聞くだろう」

「私は、国際法を学んだうえで警察に入りましたが。まあ、普通は違いますね」

「あの三人――そして新婦は、大学時代から社会人にいたるまで、自分のやりたいことが明確で、それを生かすために常に努力を惜しまない。それも一つの才能さ。それ自体が、妬みの原因になるかもしれんが……」

「ということは、あの三人は候補から外してもいいと？」

「そうとは限らん。だが、充実した人間が他人のドレスを切り裂くなんて、迂遠な方法を使うとは考えにくい。もしやるなら、もっと大事なものを奪うはずだ」

剣木は、過去の例を思い出す。命、なんて単純なものではない。被害者のプライド、親の形見、一番大事にしている恋人。過去、捜査してきたなかで、頭のいい充実した人間が奪うのは、そういったものだった。姑息な手段を使わずに正々堂々とやったうえで、悪びれもしない。明るく笑ったまま「俺は確かにやりましたが、それだけで刑務所に入れられないでしょう？」と聞いてくるのだ。

そこから考えれば、今回の三人は、他の情報がなければ線は薄い。

「となると、次は……」

と剣木が周りをぐるりと見回したとき、

「あのぅ」

と声がした。百五十センチもないと思しき女が一人、剣木の前に立っていたのだ。いや、前というよりは、下、というべきか。

「私も、疑われているんですか？」

「私も、というと？」

沙羅が、怖がらせないように剣木を下がらせて、穏やかそうに聞く。

剣木としては納得のいかない扱いだが、関係者から話が聞けるなら、それに越したことはない。

「さっきから、新郎のご両親とか、優菜ちゃんの昔の同級生のひととか、そういう人とかに、色々、話とか聞いてるじゃないですか」

要領を得ない話し方をする女性だな、と剣木は思った。あまり、頭がよさそうには見えない。

ドレスも型落ちした昔のものだと剣木ですら分かるくらいに古かったし、鼻には眼鏡のあとがある。髪も手入れされておらず、化粧も下手だった。

会場には、美容室がある。髪も化粧も整えてくれるが、使わなかったらしい。考えられる理由は二つ。美容にこだわりがなかったか、お金がなかったか。どちらにしても、場の空気にはふさわしくない出で立ちだった。

「ああ、このひと、新郎の友人でして」

と、沙羅が剣木をみる。

「久しぶりに会うから、今までどんなふうに過ごしていたのかな、奥さまになる人はどんな人なのかな、伺ってるんですよ。気になることはすぐに聞かないと気が済まない質でして……」

「ほんと、ですか？　それにしては、刑事さんみたいな、言い方、だったから」

一言一言を区切って話す女性への評価を、剣木はすぐに訂正した。頭がよいかどうかはともかく、観察眼はあるらしい。だとしたら、回りくどいやり方は逆効果だ。

「あなたも、優菜さんの同級生ですよね？　彼女はどんな方だったんですか？」

「どんなって、あの三人が言ってたのと同じ。いい子だったけど、でも、ちょっと……」

そう言って、女性は俯いた。剣木の勘が――いや、人間ならだれでも持っている勘が、その先を促せという。

「ちょっと？」

「……あの三人、『二位を狙うぞ同盟』だったんですよ」

「二位？」

突然、話が新婦から、同級生たちの話に変わり、剣木は眉を顰める。

遠くでは、その三人が真剣に討議している。今頃、それぞれの会社のために何ができるかの結論がでたのかもしれない。

「奨学金の一位は、優菜でしたよね。それは、いつも。だから、二位を誰がとるか、毎回、あの三人が、頑張ってて」

「ということは、あの三人も、奨学金を欲しかった？」

「逆。優菜が、親いなくて、親戚の家にもいられなくてって知ってたから。あの三人、優菜に奨学金を取らせようって、二位も、三位も、四位も、独占してたの。そしたら、優菜が一位から落ちちゃっても、もらえたお金、優菜に渡せるからって」

「信じられないな」

剣木が、目を細めて呟くように言った。

「人間ってのは、そんな綺麗なもんじゃない。それは建前だけで、本音はドロドロしてたんじゃないか？　一位をとってた新婦への恨みはなかったのか？」

「あったかもしれない。でも、あったとしても、それを表には出さなかった。それってもう、ないようなもんじゃない」

「そうとは限らない。心にくすぶったものがあれば……」

「あの人たち、くすぶってるように、見える？」

身長の低い女性の言葉に、剣木と沙羅は、三人を見る。

三人のもとに、ちょうど新婦が来たところだった。新婦は三人のうちの一人に抱き着くと、本当に信頼している人にしか出せないような朗らかな笑顔をみせる。

「みんな、社長とか、役職あるひとの、娘だし。今、の勤務先だって、親戚とかが、紹介してくれた、ところだし。フランス文学部選考、なんて、みんな、そんな感じ。貧乏で、親もいないなんて、優菜さんが、特別だったんだよ。それにあの子……」

そうつづけようとした瞬間、

「あかねー！」

という声が響いた。

三人のうちの一人が、同級生だというこの身長の低い女性を呼んだのだ。

「……いま行く！」

すこしの沈黙の後、茜、と呼ばれた女性も、三人のもとに歩いていく。

「それに、あの子？　続きは？」

「……私は、嫌いだった。学部の不幸ランキングでも絶対の一位で。あの子のまえでは、あたしがどれくらい大変でも、誰にも気にもしてもらえなかったから」

急に流暢に、堰を切ったように吐き捨て、茜は去ろうとした。

「あなたは、今はどこにお勤めなんですか？」

剣木が口をひらこうとするよりも先に、沙羅が、そんな質問をした。

茜は振り返ると、「一般事務。小っちゃい会社のね」と言って、背中を向けた。

三人に合流した茜は、遠慮したように笑いながら、新婦になにごとか述べていた。お祝いの言葉だろうと思いはしたが、その顔には、緊張が見える。

――負け組、か。

言葉にはしなかったが、剣木は、そう思った。三人と新婦が充実した日々を送っているとしたら、茜と呼ばれた女は真逆だ。

「俺も、大学に行けばよかったかなあ」

「なんですか、いきなり」

「高卒で、すぐに警察学校に入ったからさ、エリート路線には乗れていない。実績は上げてても、大卒出よりは制限があるだろう。気づいたら、沙羅君の部下になっているかもしれないと思ってね」

「……そうはなりませんよ」

「なんでだ？」

「先輩は、実力で、もっと上まで、のぼり詰めるからです」

「そんなの、夢物語でしかない」

苦笑して答えたが、沙羅は眉一つ動かさなかった。だがその目には、自分は真面目に言ったのに、とでも言いたげな色が浮かんでいた。

「ま。これで犯人は分かったな」

「え？」

「器物破損の罪に問うかどうかは、新郎新婦が決めるが。一応とっつかまえに行くか」

そう言って、剣木は歩き出す。

「ちょっと！　私まだ、推理聞いてませんよ！」

沙羅はそう言って追いかけたが、剣木は考える。沙羅が、自分の後ろをついてきてくれるのは、一体いつまでなのだろうか、と。この式場にいる間は、まだ部下のままでいてくれるだろう。だが一年後、二年後、エリートとそうでないものの差は確実に開いていく。

まあ、それでもいい、と剣木は思う。剣木は、出世には興味はない。ただ、謎が解ければそれでいいのだから。

＊＊＊

そう思いながら式場を歩いていると、誰かにぶつかった。

「おっと」

といって、ハンカチが落ちた。

「すみません、急いでいて……」

とっさに拾おうとすると、相手の手が先に地面に着いた。

「剣木君。調べないでほしいって言っただろう？」

「……法明さん」

「君の出した結論は分からないが。……辛い結果ではなかったかい？」

「そうだな。女性同士の感情の行き違いが、あのドレスの惨劇を産んだ。そう思えば、辛い結果には違いない」

剣木の言葉に、法明が目を細める。

「女性同士の感情の行き違い、か」

「今から、その犯人と話をしに行くところだが――」

「やめておいた方がいいんじゃないかなあ」

新郎の父は、すぐ傍にあったソファに座って、剣木を見上げる。

「暴かないほうがいいことって、あると思うよ」

「捜査一課の人間として、その考えには同意しかねる。事件は事件だ。断罪しなければ、被害者が救われない」

「断罪を望む被害者ばかりではないよ。なかには、犯人に社会復帰してもらうことが、自分への償いだという人もいる」

「それはごく稀だ。大抵は、加害者側が、自分と同じか、それ以上にひどい目に遭うことを望む。そしてそれは、自然なことだ」

「社会学者としては、その意見には賛同してはいけないんだろうな」

法明は苦笑した。

いくつかの本も出している学者としては、確かに剣木の言葉を肯定するわけにはいかないだろう。沙羅が、同じくソファに座って尋ねる。

「あの、先生は、この間も社会学者として本を出されましたよね。加害者の人権の本」

「そう。次はね、貧困による犯罪率の増加について書く予定なんだ」

「結構、手広いんですね」

「社会学者なんて儲からないからね。色々手を出していかないと。最近は、貧乏な家の子が、どんどん犯罪に手を染めているからねえ」

法明は、どこか遠い目をして、そう言った。

「優菜ちゃんは、偉い子だよ。親をなくしても、大学に行こうと頑張った。でも、普通はそんなに頑張れない。お金のない家にうまれるとね、勉強しているだけで怒られたりするんだ」

「えっ。どうしてですか？」

沙羅が、驚いた声を出す。エリート家庭に生まれた彼女にとっては、想像できない世界だろう。

かくいう剣木も、父親は、海外を転々としていたものの、その分、自主自立の精神の持ち主だった。勉強をしろとは言われなかったが、勉強をするなとも言われない。

何も強制せず、何も束縛しない。ただそれだけのことが、これほどに難しい。

「お金がないということは、情報収集ができないということだ。転職情報、他の職種情報を手に入れられない。知識の貧困、ともいうね。知識のない親というのは、たいてい勉強ができなかった。そうなると、子どもが勉強していると『自分を馬鹿にしている』と思うんだ」

「理屈に合いませんよ」

「その通りだ。でも、理屈に合うなら、貧乏から抜け出せる人はもっと増える」

ふう、と法明はため息をつく。

「男の子なら、ホストや女性用風俗に行く。女の子なら、AVやキャバクラ、男性用風俗に行く。ママ活やパパ活も最近は多くなってきたしね。貧しい家の子が辿る未来は暗いよ。結局そういった仕事でもうまくいかなくて、最終的に、犯罪に手を染めるしかなくなる」

「俺は高卒だが、自分の学歴に悩んだことはない」

剣木は、この場にいる三人のなかで唯一の高校卒業後、すぐ働いたものとして、そう言わずにはいられなかった。

「低学歴がみんな水商売にいくわけではない。貧困によって犯罪率が増加する、という風説が流れすぎるのもどうかと思うがな」

「勿論、その通りだ。だから私たち年寄りの役目としては、勉強をしたくてもできなかった子たちを、サポートする姿勢が大事なんだ。次の本では、そんな話を書くつもりだよ」

法明は、そう言ってハンカチで首元を拭いた。制汗剤の匂いがした。加齢臭の出ているはずの年齢だ。結婚式のために気を遣っているのかもしれない、と剣木は思った。

「まあ、僕はこれで行くよ。式はもうすぐ始まる。刑事業は終わりにして、そろそろ、亮一のただの友人としての列席を願うよ。そちらのお嬢さんもね」

そう言われた沙羅は立ち上がって、軽く頭をさげた。

剣木は肩をすくめて、歩き出す。沙羅は、静かにそれに付き従った。

「……不気味だな」

「何がですか」

「沙羅君、俺に何も言わないのか」

「先輩に、今更、推理をやめろといっても止まらないでしょ。私も大体、分かったんで。あとは、犯人と話して、次の凶行を確実に止めるほうを優先します。まあ、亮一さんの言う通り、これ以上は何もできないでしょうが」

「今日は嫌に聞き分けがいいじゃないか」

「探るな、やるな、って言われると、先輩が反発することは知っていますので」

沙羅はため息を吐くように、そう言った。

「……性分なんだ。許せ」

思えば、警察学校時代から、そうだった。

上官に命令されたことには、ことごとく逆らいたくなる。もちろん、そんなことが許されるはずもない。そこで登場したのが、亮一だった。亮一が、庇ってくれなければ、剣木は卒業すら危うかったかもしれない。

――だからこそ、許せない。

その亮一の結婚式を邪魔するならば、俺が止める、と剣木は決意を新たにした。

＊＊＊

「ドレスを切り刻んだのは、君だな？」

単刀直入にいった剣木に、ベンチに座る女性――狛江真由が目を見開く。列席者名簿の最後に載っており、亮一に確認をとったところ元恋人で間違いなかった。

沙羅の方は、「それ、誘導尋問です」とでも言いたげな顔をしていた。

一人で列席しているらしく、待合室の端にいたのを、式場まで連れてきたのだ。

「……何の話ですか？」

聖母マリアが見下ろす真由はボブカットで、眉毛は薄かった。看護師をしているらしいが、化粧は濃い。服装には気を遣っているらしく、最新の型のドレスを着ていた――そう沙羅に剣木は教えてもらった。

「新婦の部屋で、ウェディング・ドレスが切り刻まれていた。犯人は、式場に早くから来ていた人物。そして、新郎あるいは新婦、あるいは新郎の親に恨みをもつもの。そして、力の弱いもの」

「力？」

「カッターで切り裂いていたが、犯行は女だと推定される。力強く切り裂こうとして失敗した形跡がいくつも見られたからな」

真由は、息をのんで、剣木を見ていた。

「この結婚式は、とても小さなものだ。列席者は三十人に満たない。新郎側の親族が十人、友人関係が俺と沙羅君をふくめて九人。新婦側は友人が四人に、親族は、養父母が二人と、それ以外の親族が五人。このうち、女で、若いのは六人で、最後の一人が君だ」

「……若くて女だから、犯人？　なにそれ」

「ウェディング・ドレスを作るのは難しいものらしくてな。そこの沙羅君に聞いたら、胸元や肩のパターンを熟知している一般人は少ないらしい。だが、あのドレスは、肩口も胸元も、洋服のパターンの線に沿って切られていた」

剣木は、真由のドレスを見つめる。ワンピースの裾はマーメイド型になっており、色は薄ピンクだった。胸元や肩のストラップも、丁寧に縫製されている。きっと、高かったんだろうと剣木は思った。

「もちろん、男でも熟知している者はいる。だが職業柄と出身大学をそれとなく聞いた結果、服飾関連の男性はいない。となると、候補は絞られてくる。何よりも――」

真由の座るベンチの前に、剣木は腰かけた。

「亮一は、犯人のことを『あの子』と言っていた。あのお堅い亮一がそう呼ぶのは、かつての恋人、あるいは年の差のある子どもだけ。そして、あなたは、亮一と五年間付き合っていた」

「証拠はあるの？　探偵だか何だか知らないけれど、人のこと犯人扱いして。名誉棄損とかいうんじゃないの？」

「今から、作られる」

「は？」

「自白という証拠が。普通の犯人であれば、自分のしたことに耐え切れずに、刑事に救いを求めるように話し始める。特に、ドレスを切り刻むなんて姑息な犯罪をしただけならな。数時間後には自白するだろう」

それを聞くと、真由は何度か息をのんだ後、ふう、と大きなため息をついた。

「亮一は優しすぎるんだよ。だから、付け込まれるの」

「それは自白と受け取っても？」

「どう考えてくれてもいいよ。でも、亮一にはこう伝えて。『私は、あなたの幸せを祈ってた』って」

「ドレスを刻むのが？」

「……あの女と結婚したら、亮一は不幸になるよ。そう思ってた」

真由は、ステンドグラスを見つめる。聖母マリアは、処女のままキリストを産んだとされる。その是非はともかく、それほど、人々がマリアに神聖性を持たせたかったのは事実だろう。その神聖な存在から透きとおる光が、真由のボブヘアを仄暗く照らしていた。

「亮一はさ、優柔不断で、警察も途中で辞めるし。だから私から振ってやったの。でも、新しい女の子とくっついたって聞いて、腹が立った。私と別れて二年しかたってなかったし」

「通常、二年経てば、かなり待った方ではないでしょうか？」

「亮一なら、五年でも十年でも一人でいると思ったの。それで独り身でいて私のありがたみが分かったら、復縁してあげていいと思った」

「……勝手ですね」

沙羅の言葉に、真由も自嘲気味に笑う。

「だろうね。他の女と付き合ったって聞いて、何度も何度も、もう一度付き合おうって言った。でも、亮一は、もう守りたい人がいるからって聞かなくて。それで……」

「腹いせに、ドレスを切り裂いた？」

「……。私は、亮一に幸せになってほしかった。私と一緒にいたほうが、あいつは絶対幸せになれるんだよ。そう思ったから……」

「だからといって、他人のものに、手をだしていい理由にはならない」

剣木は、真由の未練をスッパリと断ち切るように口にした。

「他人のもの？　亮一のこと？」

「違う。ドレスだ。切り裂いたウェディング・ドレス。あれ、高いんだろう？」

「先輩、新婦に毒されてます。値段だけで決めないでください」

「いや、大事な問題だ。人間生きていくには金が必要だからな。そうだろう」

その言葉に、今まで剣木から体を背けていた真由が、「本当にそうよね」と身を乗り出してきた。

「お金は大事よ。だから私、専門職についたの。亮一と付き合いはじめたのは、高校時代だったけど、資格を持っていれば将来安泰だと思って」

「いい判断だ。手に資格を持つというのは、この不況の時代を生き抜くには大事なことだ。特に専門性があるものや、コミュニケーションを必要とするものならいいな。ロボットにはできない仕事というものなら猶更いい」

突然、意気投合した剣木と真由に、沙羅は目を見張っていた。

だが、二人の会話は止まらない。

「そうよね。私もそう思うわ。お金がないと嘆く人生なんていやなの。ちゃんとやりたいことやって、食べたいもの食べたいもの」

「俺もそう思う。特に沙羅君は食事が好きだからな、高い店に連れていけなんて言われたときのためにも貯金を……」

「先輩、今はその話はいいですから！　あと奢ってもらったの、まだ一回だけですから。来週すでに二回予約してますけど！」

思わず声を荒げたが、真由はじっと沙羅を見てから、

「突然、頻度が増えてますね？」

「いや、それは。意外と捜査一課も大変だったりして、ちょっと話聞いてもらったりして」

「大変なんだ、沙羅君は。舌が肥えているからな。俺の安月給なら赤ちょうちんの店にしか連れていけない。だが、安くても旨さにはこだわりがあって……」

「もういいですから！　お金は大事、だからドレスを切ったのは、許せない。そういうことです

よね？」

話題をそらしたい沙羅の言葉にのるべきか、ここで文句をいうべきか悩んだが、結局は前者を剣木は選んだ。犯人が目の前にいるのに、論点がずれるのは確かに正しいこととは言えない。

「まあ、そうだな。八つ当たりするなら、酒を飲んで『うちの父がひどい』と教育係に言うくらいにした方がいい」

「先輩！」

「……分かった。弁償はするわ。数百万なら、私なら払えるもの」

そう言って、真由は席を立った。

看護師と言っても、高給取りもいれば薄給のものもいる。だが、二十九歳になる狛江真由は、ある程度の地位を得ているらしい。

「式場側は、自分たちが払うと言っているらしいがな」

「あら、そうなの？　まあ、どちらでもいいわ。私にとって大事だったのは、お金だけじゃなかった。ドレスとか、そういうものでもなかった。ただ亮一に……あの馬鹿正直な臆病者に……好きだよって言われつづけたかっただった。それだけだったたから」

沙羅が、きゅっと唇に力をこめた。

真由の心情には共感できる。だが、犯人に共感してしまっては、捜査一課としてよい結果は生まない。同情するべき犯人はいるが、同情しすぎては、被害者が報われない。

特に結婚式に、ドレスを切り刻まれるという一生の傷になるものを与えられた被害者の事を思えば。

剣木も、この解決は望んでいなかった。自分が自白させたとはいえ、犯人を暴くというのは、誰も幸せになれないことが多い。だが、剣木には、まだ言わなければいけないことがあった。

「もう一つ、君に忠告しておきたいことがある」

「なによ。もう行きたいんだけど」

「新婦を殺すつもりか？」

剣木の言葉に、真由の手がとまった。沙羅も、息をのんで真由を見つめる。真由は式場の扉に手をかけたまま、振り向きはしなかった。

「もし、そうならば、諦めるんだな。ここには、刑事が二人いる。もし、君が彼女を殺せば、その場で逮捕もできる」

「……随分、熱心ね」

「当然だ。今日は休日なんだぞ。捜査の真似事はこれ一つで十分だ。それに……」

そこで剣木は区切った。その続きをいうべきかどうか、迷ったのだ。

隣にいた沙羅は、そんな剣木を一瞥する。

「先輩にとっては、大事な友達の結婚式ですものね」

「大事とはなんだ！　亮一は、別に、警察学校で世話になっただけで、親友とか、ずっと年賀状も大事にとっているとか、そんな事実はない！」

「はい、完全自白、頂きました。そういうわけで、真由さん。本日、私どもは、あなたを見張らせていただくことになりますので」

「おい、沙羅君。聞いてるのか！」

剣木の声を、沙羅は一切、無視する。

真由が少し笑って、ようやく顔だけ剣木たちに見せた。

「私は、彼女を殺すつもりなんてないわよ」

「本当か？」

「だって……惨めじゃない。別れた男の、結婚する予定の妻を殺すなんて。そんなみすぼらしい真似、したくない。これでも私、プライドは高い方だから」

そういって、教会の扉を開ける。外から、昼の光が差し込んできた。

まぶしそうに、剣木も沙羅も目を細める。

「でも、辛いな。目の前で、好きだった男が幸せになっていくのは……」

そう言った真由に、何か伝えるべきでは、と口を開いた時、鐘が鳴り響いた。

教会に据え付けられた鐘が、列席者一同を式場に集めるための合図を打ったのだ。

「……ねえ、この鐘って、誰のために鳴っているのか知ってる？」

真由の言葉に、剣木は首をかしげる。

「新郎新婦のためだろう。新しい門出を祝う鐘だ」

「そうかしら。私は……。新郎新婦の関係者たち、そのすべての憎しみや悲しみを、浄化するためのものだと思ってる。そう思わないと……やってられないもの」

そう言って、真由は扉を開ける。

外の光が差し込んだ。午後一時。結婚式が始まるのだ。

すっかり昼になった世界で、まずは皆が式場に入る。そのあとは披露宴だ。

事件も終わった。あとは、楽しむだけだ。剣木はそう思った。沙羅もだ。

そして、事件は油断したときに起こる。


「いやあああああああああ！」


女性の悲鳴が響いた。誰のものかは分からない。ただ、今日最初に剣木たちが聞いた、優菜の悲鳴とは比べ物にならないほどの驚愕と絶望に満ちている。

硬直したような真由をおいて、剣木と沙羅は、式場の扉を開ける。

「だれか、だれか来て！　お父さんが、お父さんが殺されてる！」

剣木と沙羅の耳に、そんな声が届く。声のもとまでひた走り、披露宴会場への重い扉をあけた。


そこには、純白の式場で、真っ赤に濡れた棚山法明が倒れていた。

新郎新婦用の机のうえで、大きな花束のなか、目を開けない新郎の父親。

そしてその周囲は、争ったあとなのか、台風の通り道のように荒れている。

胸元には、不気味な飾りつけのように、ナイフが一本刺さっていた。

何より、法明の青白い顔は、すでに彼が死んでいることを表していた。

まだ、この長い一日は始まったばかりだった。

第二章　君がため、惜しからざりし命ゆえ

「厄介なことになったなあ」

　口を開いたのは、今年四十歳になる犬居だった。剣木とは十歳程度、年齢が離れている。だが、教育係をしていたこともあって、剣木が珍しく心を許している相手だ。許すといっても、会話がほかのひとより多いくらいのものなのだが。

「普段通り、捜査すればいいだけだろ」

「相変わらず、年上にも敬語を使わん男だな」

「敬語？　字数ばかり増えるあの面倒な言葉を使うやつの気が知れん。そもそも、敬語とは特定地域にしか存在せず、年功序列の思想が――」

「もういい。いいか、厄介なのは、お前だよ、剣木」

　顔をしかめた犬居が座るのは、取調室の椅子だった。もちろん、剣木が座るのは、その正面である。灰色の部屋には、机が一つ、椅子が二つ。無機質な空間で、窓は小さい。すでに午後のものとなった光が、薄く注いでいた。

「式場で殺人事件がひとつ。それだけならいいが、まさか、お前が居合わせるとはな」

「おかげで、関係者相関図も理解している。数人の事情も把握しているのだから、都合がいい」

「普通ならな。だがお前が関わっているとなると、ひっかきまわしにくるだろ」

　体格のいい犬居は、その名前の通り、滅私奉公で警察官として生きている。剣木の教育係ではあったが、性格は正反対だった。慎重に物事をすすめたい犬居と、性急に謎を解きたい剣木。最初は反発もしたが、最終的には犬居の温和さに、剣木が心を許したという形だった。

「失礼な。それで、今まで色々解決してきたんだからいいじゃないか」

「ぎりぎり上に怒られないレベルだ。事件ってのは、解決できればいいわけじゃねえよ。法を順守したうえで、警察に許された裁量でやらなきゃ意味がねえんだよ」

「それで犯人を捕まえられなくても？」

「お前、別に加害者を捕まえて被害者を慰めたいわけでもないだろ？」

痛いところをつかれて、剣木は目を背けた。

「お前は、すべての殺人事件を、自分の知的欲求を満たすためのパズルだと思ってやがる。それで現場をかきまわされちゃ、たまんねえんだよ」

「【ＩＦ】――つまり、もしもを考えて動いてしまうのは性分だからな。もしもを考えれば、体が勝手に動く。【ＩＦ】から導き出される謎への回答は、俺の人生を彩ってくれる」

「それで納得する連中だけじゃねえよ」

「じゃあ、上に行きたいとでも行っておけ。高卒でも、大卒と同じくらい重用されたい、とな」

「まったく、適当なやつだ。警察ってのは学歴社会だ。大卒じゃなきゃエリート路線には乗れない。高卒な時点で、諦めるしかねえとでも助言しときゃいいのか？」

警察は明確な階級社会だ。犬居自身、実績はあるもののエリートコースからは外れている。剣木に伝えた言葉は、自分に言い聞かせるものだったかもしれない。

「お前らが事情を聞いたのは、新婦の友人四人、新郎の母親と、昔の恋人。五人だ。だが、殺人事件の犯人候補は、列席者二十九人に、ウェディング・プランナー七人をくわえて三十七人。こりゃ、骨が折れるぜ」

「俺と沙羅君には、アリバイがあるぞ。ドレスの犯人と三人で一緒にいた」

「その三人が、一緒にあのおっさんを殺したならどうする？」

「元教育係として、かつての新人を信じる気はないのか？」

「参考人には適切な処置をとるのが、警察だ」

「真面目なことだ」

「俺の取り柄は、それだけだからな」

そう言って、犬居は立ち上がった。

席には、取り調べ資料とペンが残されている。参考人に見えるように置くなんてありえないことだ。が、勿論、剣木がそれを見逃すはずもない。


——十二時ちょうどから二十五分頃まで、被害者と会話（見ていたモノ、多数）。

——十二時三十分頃から午後十三時頃まで式場。狛江真由・沙羅が共に。


メモには、そう書かれていた。後者には「アリバイ？」ともある。

つまるところ、剣木の証言には問題なかったということだろう。

「ほら、早く出ろ。うちは忙しいんだ。快楽主義者を入れておく檻はねえぞ」

「一度くらい、収監されてみたいものだけどね」

そう言いながら、剣木も心得たように立ち上がる。

「現場をうろちょろされちゃ面倒だから、署まで引っ張ってきたけどよ。いったん休憩にでも行ってこい」

「いいのか？」

「ああ。お前の保護者の沙羅君も、もう出ているはずだ」

「保護者は俺だ。教育係だからな」

「そういうことにしておこう」

犬居は苦笑してから、大きく腕を伸ばした。

「ああ……。そういえば、『灘家』ってステーキ屋を知ってるか？」

「ステーキ？　あまり縁がないな」

「新婦の養父母二人が、今そこで飯を食ってるらしい。遠方に住んでいてな、このあとすぐに帰ってしまうそうだ」

剣木は目を見張った。

「被害者が殺されたと思しき、十二時二十五分から十三時までの間は、新婦控室にいたそうだ。そこにいたとアリバイを証言できるのは、新婦だけ。披露宴会場までは徒歩四十秒だそうだ」

わざとらしく柔軟をはじめる犬居に、剣木は苦笑した。

参考人には適切な処置をとる、警察関係者だろうと容赦はしないといいながら、この甘い判定。エリートコースに行ってようが、幹部にはなれなかっただろう、と剣木は思う。だが、現場仕事が向いている犬居には、その方がいいのかもしれない。

「……美味かったら、俺にも教えてくれ」

「助かるよ。犬居センセイ」

「お前みたいな生徒は持ちたくなかったよ」

そう言いながら、犬居は己の仕事場に戻る。背中を向けて片手をひらひらとさせる様子は、剣木の新人教育を担っていた時と同じだった。

一度、教育担当として教育を付けたものとの仲は、生涯つづくものらしい。となると、沙羅との仲もつづくのだろうか、足がいつか壊れるんじゃないだろうか、と剣木は思った。

＊＊＊

肉の焼ける香ばしい匂いが、店中に広がっていた。そこかしこで楽しそうな会話がなされ、網から脂がおちる音が食欲をそそった。

一等地の高層ビルの最上階に据えられた店にふさわしい洒落た内装だった。窓からは東京の景色が一望できる。遠くには富士の山影も見えるほどだった。高所恐怖症の剣木としては、あまり来たい場所ではないが、人生で一度くらい、入ってみたいとは思っていたような店であった。だが、その分、値段も最上級だった。

メニュー表を睨みながら、一番安いものは何かと探っていた。

「……ロースってどこの肉でしたっけ」

「肩から胸最長筋のあたりね。脂が乗っていて美味しいわよ」

「横隔膜の筋肉ね。本当は内臓だけど、赤身肉と同じ食感なの」

「じゃあ、ハラミは？」

「ランプ肉っていうのは……」

「もう、やめてください」

剣木と、新婦の養母――秋元由紀との会話を遮ったのは、沙羅だった。額に手をあてて、頭痛を抑えている様子だった。焼肉屋の一席に座りながら、目の前の肉には手がつかない様子だった。

「しかし、沙羅君。人間、食べなければ生きていけない。食べるなら、自分が何を口にしたのか理解しておくべきだ」

「理論上はそうですが、殺人事件のあとなんですよ。食欲がなくなります」

「どんな事件が起きようと、空腹は辛いものだ。そもそも、地球上では一秒ごとに誰かが死んでいる。そして、一秒ごとに誰かが産まれているんだ。事件のあるなしで食欲が減退するのは、おかしいのでは？」

「先輩は、感情論をもっと理解してください！　知らない誰かが死んだときと、話したことのある相手が亡くなった時とは違うでしょうが！」

「命の重量は、どんな人間も同じだ。死刑囚でも、被害者でもな」

かみ合わない会話に、剣木と沙羅がにらみ合い始める。沙羅も、日頃から感情論ばかりなわけではない。だが、捜査一課につとめて、まだ数か月だ。すぐに死体に慣れるわけではなかった。

由紀の夫であり、新婦の養父を担った秋元靖男が、おかしそうに笑う。

「お二人とも、仲がよろしいのですね」

「何故そう思ったのかが不思議ですが。……ランプ、ミノ、カイノミで」

注文を取りに来た店員にメニュー表を渡しながら、沙羅が告げる。

一望できる東京の景色にもひるまないあたり、親や友人と高級料理店に来た経験が豊富なのだろう、と剣木は考えた。

「それは、どこの肉だ？」

「腰からお尻の肉と、胃袋、脊柱近くの肉です。特にカイノミは、非常に希少な部位で、焼き肉の中の王様とも言われています。普通のお店じゃ、まず食べられませんよ」

「俺は、肉なら全部同じに見えるがな……」

そう言って、剣木はメニュー表を閉じ、店員に返した。「なにかご注文は？」と聞かれたが、無言をかえす。店員も心得たように一つうなずき、踵を返した。一皿三千円もする肉を気軽に注文できるほど、剣木の懐は潤っていない。

「うちの親父は、死んだ友人の隣で食べる肉は、美味しかった、って言ってたけどねぇ」

そう言ったのは、靖男だった。

剣木と沙羅、そして由紀の目が、靖男を見つめる。

「戦争中は、兵隊も食料がなくてね。友人も上司もどんどん死んでいく。それでも食わなきゃ生きていけない。だから無理やり口に押し入れたのに、意外と美味い。どんな時でも、腹は減るんだ、とそう言ってたよ」

靖男が、肉を裏かえす。炭におちた脂が、甘い芳香を漂わせていた。

カルビだろうか、と剣木は思う。実際には、それしか知らないのだ。確か、あばら骨あたりだった気がする、と考える。

「優菜ちゃんは、つくづく不幸な子だよ。親にも早くに先立たれて、うちなんかに身を寄せることになってねえ」

「そうねえ。結婚式では殺人事件。神様がいらっしゃるなら、第一に、優菜を幸せにしてやってほしいわね」

靖男と由紀は、そう言って、外の景色を見つめる。

一望できる東京の景色の中には、タワーマンションも多い。遠くには古びた壊れそうな一軒家もあった。その一つ一つに人生があると思うと、剣木は気持ちが重くなる。

それにしても、と剣木は顎を撫でた。仮にも自分の娘の結婚式がダメになったというのに、いやに冷静だった。養父母とはいえ、愛情をもっている者が多いなかで、その冷徹さは目につく。

沙羅も同じことを思ったのか、運ばれてきたジンジャーエールを飲みながら身を乗り出した。

「お二人は、いつごろ優菜さんを引き取ったんでしょうか。この店は予約していたようですが、娘さんの結婚式の後、すぐ来るって、元から決めていらっしゃったんですか?」

「まあ、普通は新婦の傍にいるのが普通なんだろうけれどね。この店が美味しいって話をきいて、ずっと気になっていたもんだから」

「そうなのよねえ。あの子も、私たちが傍にいたら気が抜けないだろうし。引き取ったのは、中学三年のころよ。その前に、母親が過労死してね。母子家庭で苦労したんですよ」

そう言いながら、慣れた手つきで肉をひっくりかえす。

「私たちは、優菜ちゃんの父親方の祖母の、その弟家族ですよ。大叔父と大叔母にあたるのかな」

「ほかに引き取り手もなくて、うちに来たの。でも一度も会ったことがなかったからねえ。最後まで、あの子も私たちに甘えることはなくてねえ」

「じゃ、中学三年から、大学卒業まで、お二人の家にいたということですか？」

「うちは愛知県だからね。東京の大学に進学するって決めたあたりで、一人暮らしになったよ。だから、実質、一緒に暮らしたのは三年半だね」

おや、と剣木は思う。

地方から東京に出てくる少年・少女は少なくはない。だが、それはある程度の経済的基盤があったうえでの行動が多い。

「つまり、新婦は、無一文で東京に出てきたのか」

剣木の言いたいことを理解したのか、靖男と由紀の顔がくもる。

「見たところ、お二人は着ている服もいい。こんな店にきても、物おじしないところを鑑みても、日頃から行き慣れていることが分かる。それだけの暮らしをしていながら、何故、娘の大学の費用は出さなかったんだ？」

「先輩、ここは穏便に……」

「実の娘じゃないから、お金をかける必要はない、なんて言い訳はきかない。血のつながらない子どもを愛して育てる家族が大勢いる。奨学金のせいで、優菜さんは十八歳にして、八百万の借金を負ったんだ」

ふう、と靖男がため息をついた。

分からず屋の子どもを、なだめているような顔だ。

「私はね、反対したんですよ。大学になんて行く必要はないって。だって私は、中学しか卒業してないよ。あの当時は高校に行ける人なんて限られてたからね。でも、今じゃ、こんな店に来れるほどになった。学業に固執する必要はないんだ」

「時代が違うだろう。今の子どもたちで、高卒で我慢するのは二割だけ。つまり、大学や専門学校を卒業していないと、就職もしにくいってことだ」

「我慢、ねえ。昔はね、大学なんて、二時間もバイトをすれば行けたんですよ」

「今は……」

「そう、今は高い。数百万、数千万する。一万、二万で大学に行けた時代は終わった。だったら、みんな高卒だの中卒だので働けるように国が変わればいい」

剣木は、運ばれてきた肉の皿を見る。

「極論だな」

と言いながら、その脂ののった肉を、靖男と由紀の前に寄せた。

「そうかもしれないね。でも、優菜とは三年半しか暮らしていない。そんな娘のために、老後の資金を削るっていうのも、おかしな話だろう」

そう言って、靖男は、霜降りの乗った肉を口に運んだ。

咀嚼されていくその肉を、優菜が口にしたことはあるのだろうか、と剣木は思った。

「……もう一つ疑問があるんだが」

「なんだね？」

「靖男さんのお父様は、戦争に行った。戦争中、食料は供給されなかった。ならば……。死んだ友人の隣で食べた肉は、なんの肉だったんだ？」

由紀の箸が止まる。沙羅も、ぎょっとしたように剣木をみつめた。

変わらなかったのは、靖男だけだ。何事もなかったかのように、網から肉をとる。

「知らないほうがいいことってのが、世の中には沢山あるもんだよ。沢山、ね」

それきり、靖男は沈黙した。後に残るのは、肉が焼けていく香ばしい匂いと、油の爆ぜる音だけだった。美しい景色の前で、靖男と由紀の顔には、暗い影が落ちていた。

＊＊＊

「結局、目新しい情報はありませんでしたねえ」

店を出てすぐ、沙羅がつぶやく。

午後三時の光が、二人に降り注いでいた。

「十二時二十五分から十三時までの間は、新婦控室にいた。養父は、特に話すことはなかったため、部屋で昼寝をしていた。養母は、新婦に、新郎との馴れ初めを聞いていた、と」

そこまで言って、沙羅は顔をしかめる。

「結婚式当日に、娘の夫の情報を初めて聞くって。どれだけ関心がなかったんだ、という話ですが」

「まあねえ……。それより、なんで店のお金を沙羅君が払ってるんだ？」

「元から、そのつもりでしたが」

「領収書も貰ってない。警察に請求できないじゃないか」

「私たちは本日、休日です。しかも、重要参考人として取り調べを受けている。そんな人間が、殺人事件の被害者関係者と食事をしたなんて、警察側が受けいれると思います?」

「だが……」

「元からそのつもりでしたし。問題ないですよ」

「元から!?」

剣木は、今日一番、後悔した顔になった。いや、今年一番、かもしれない。

沙羅も「剣木先輩も、こんな顔ができるのか」と驚き、警戒して、鞄を持ち換えるほどだった。

「だったら、俺も頼んだのに! 後輩のおごりで食べる肉はさぞかし美味いだろうねえ!」

「教育係とは思えない言いぐさですね!」

「自分の金で食う肉も美味い。だが、他人の金で食う肉は、もっとうまいんだよ!」

「そういうこと言ってるからモテないんです!」

「そもそも家庭や恋人なんて人生の無駄だ! 作りたいとも思ってない!」

そう言ってから、剣木は不毛な会話をしていることに気づく。沙羅が冷たい目で自分を見ていることを理解して、咳払いする。

「しかし、気になるところがあるな。さっきの発言だが……」

剣木はそこまでいって、言葉を切った。

「いや、やっぱり、いい。教育担当とはいえ、君も捜査一課のライバルだ。みすみす自分の推理を述べて、手柄を横取りされても困る」

「ちょっと! 私がそんなことすると思います?」

「警察学校の同期で、同じ捜査二部に入り、ともに健闘を誓い合った同期ですら裏切ったんだぞ？ 出会って七日の君をどう信じろと？」

そう言われてしまっては、沙羅もかえす言葉がない。

もとは捜査二部にいたのかと思うと、剣木の異例の昇進スピードに、この人物の実力を思った。

「結局のところ、信じられるのは自分だけさ。一緒に捜査している今回が特例だ。新人期間が終わったら、君と共闘することもなくなるだろうな」

「寂しくなりますね」

「……君が、そんなことを言うとは思わなかったな」

「先輩の、そのパズルが得意なところだけは見習っていきたいと思っていますから。パズルだけが得意で人間に興味がないところは嫌いですけど」

さらりと言った後輩に、剣木が目を見開く。

乗ってきた車に向かいながら、思わず、あとをついてきた沙羅を振り向いた。

「嫌い!? ……まあいい。新人に嫌われても俺の実績には影響がない。別に、気にしてなどいない。そう、まったく」

「意外と先輩も、可愛いところあるんですね」

「沙羅君。年上の、先輩の、男の、凄腕警察官にだね。可愛い、とはなんだ。せめて素敵だ、とか言ってほしいものだね」

「履き古した靴の、スーツの着方も理解していない人の、どこが素敵なんです？ それに、可愛い、は女性から男性への最高の誉め言葉ですよ。かっこいい、とか、素敵、って感情は減点されていつか破綻が訪れます。でも、可愛いと思ってしまえば減点項目ですら加点要素になるんです」

「恋愛哲学の本でも出したらいいんじゃないか。俺にはさっぱりだね」

そう言い捨てて、剣木は車に乗りこんだ。

沙羅は慌てて助手席側のドアに回り込んだが、剣木は、素早く扉にロックをかけた。

「ちょっと！」

「捜査はここで終わりだ。君は自分の足で帰りたまえ。俺は、行くところがあるんでな」

「どこに行くんですか？」

「君には関係ない」

早々に発進し始めた車に、沙羅が「先輩！」と叫ぶ。それを無視して、剣木は車を進めた。排気ガスに口元をおおう沙羅が、バックミラー越しに映る。

ここからは、剣木の領分だった。教育担当になっただけの沙羅に見せてはいけない、剣木だけの領域だ。

剣木の目が鋭くなる。この先には、鬼が出るか、蛇が出るか。どちらにしても、凄惨な殺人事件の結末は、楽しいものになるはずがなかった。

＊＊＊

「会いに来てくれて嬉しいよ」

と、亮一は言った。その顔はやつれ、生気がない。元から事務作業で白くなっていた顔が、今は蒼白に見える。

剣木は、今日は亮一の元気なところを見ていないなと気づいた。

「父さんがこんなことになって、どうしたらいいのか、わからなかったから」

そう言って、亮一は披露宴会場の中央で血だらけで倒れている法明をみた。

すでにニュースでは、社会学者が、息子の結婚式で殺されたと報道されている。週刊誌の記者も多数式場前に出入りしており、ヘリコプターの音も響いている。

「母親はどうしてる？」

「倒れたよ。いまは病院にいる」

「繊細な人だからな。夫が殺され、その第一発見者だ。尋問を受けられる状態になるのはいつになるか……」

そう言ってから、剣木は亮一を見つめる。

「遺族であるお前も、加害者である可能性があるとみなされるからな。尋問も相当だっただろう」

剣木の言葉に、亮一もうなずく。

警察としては事件性があるとして――当たり前だ――、捜査に踏み切っており、マスコミも駆けつけている。その結果、息子が怪しいとか、新婦が怪しいとか、その両親が怪しいとか、いや、社会学者の本の主張をめぐってのファンの犯行だとか、適当な言説がネットの渦にも流れ始めていた。

「小さいころからの父とのことを全部聞かれたよ。休日は遊びに行ってもらったかとか、殴られたことはあったか、とか全部ね」

「怨恨の可能性を調べているんだろうな。まあ、妥当なところだ」

「剣木たちにとっては、そうだろうけれどさ」

そう言いながら、亮一の目には涙が溜まっていた。

「泣くな。警察官じゃないと疑われるぞ」

そう言った剣木も、また亮一も、警察官の服を着ている。剣木のオールバックも崩れて、元の鳥の巣になっていた。白い燕尾服を着ていた亮一も、その爽やかな様子を、堅苦しい制服の中に隠してしまっている。

「でも、大丈夫なの？　もう俺も一般人だ。それなのに警察官の服を着させて、殺人現場に連れてくるなんて」

「いいわけがない。減給処分ものだな。被害者親族は加害者の可能性も濃厚になる。そんな人間に、現場を出入りさせているんだから」

「……ごめん」

「謝るなら、こんな連絡はするな」

そう言って、剣木はスマホをみせた。

――父と会いたい。顔を見て話したい……。

そんな亮一からのメッセージが入っていた。

「俺には、一般人の気持ちなんぞ分からん。父親とはいえ、死んでいれば死体だ。それと顔を合わせて会話をしたいという感傷的な、無駄な感情論は理解できない。だが、……お前の頼みだ」

「……剣木が警察官を辞めさせられることにならないよう、俺からも言うから」

「別にいい。謎が沢山あるからこそ警察官になった。だが、関われる捜査は少ない。いっそ、探偵にでも転職するさ」

「それも面白いかもね。警察官には人徳も求められる。でも、剣木は、人間としては――」

「三流だからな」

剣木と亮一が、顔を見合わせて微笑む。同期ならではの、あたたかい空気が流れた。

昔の友達というものは、不思議なものだ。濃い年月を過ごしたがゆえに、一瞬で、その当時の関係性に戻れる。十年、二十年の時を経てもそうなのだと、剣木は父親からも聞いていた。だからこそ、旧友は大事にしろ、と父は何度も言った。父とは特別、仲が良いわけではない。悪いわけでもない。つまり、互いに無関心ということだ。

そんな関係だが、この助言については、剣木は感謝していた。おかげで、亮一という友人を失わずに済んだのだから。

「俺には友人がいない。――いても、心から話せる相手ではない」

「まあ、そもそも剣木と対等に話せる人なんて、そんなにいないからね」

「だからこそ、お前は重宝している。便利だ、ということだ。情があるわけではないぞ？　ただ、一般人目線からの意見をくれる人間というのは貴重というだけだ」

「そういうことに、しておくよ」

亮一は微笑み、もう一度、己が父の死体を見つめる。

数多くの捜査員が立ち入り、写真を撮り、遺留品の一つ一つをビニール袋に入れている。まるで舞台装置のオブジェの一つのようになった父親をみつめる亮一の目は昏かった。

「式場も、とんだとばっちりだな。ドレスといい、披露宴会場といい」

「そうだね。予約は全部キャンセルになったって。僕たちの式をもう一度上げるなら、是非お願いしますって言われたよ」

「乗ってやれ。さすがに、不憫がすぎる」

そもそも、スタッフやプランナーたちも事情聴取をされているはずだ。いつも通りの仕事だと思っていたのに、死体を見る羽目になる。警察官や医師でなければ耐えられないことだ。

「……自首したらどうだ、亮一？」

「えっ？」

亮一が、目を見張って剣木をみた。

「お前がやったんだろう？　親父さんとは仲が良かったらしいが、咄嗟に殺してしまったんだろう？　結婚を反対されたとか、新婦を悪く言われたとかでな」

「違うよ。結婚は絶賛されたくらいだし、優菜のことも悪く言ってないよ、親父は」

亮一の言葉に、剣木は、ほうっと息を吐いた。

壁に背中を預けていたが、安堵のあまりにしゃがみこむ。

「だろうなぁ」

「どういうこと？」

「カマをかけてみたんだがな。まあ、お前はそんなことできないよな」

「……驚いたよ、いきなりだったから」

「すまんな。……それで、どう思う？」

「うん?」

手にナイフを握るような仕草で、剣木は中央にある死体を見つめる。被害者遺族となった亮一も、同じように自分の父親を見据えた。

「亮一の推理を聞かせてくれ。遺体は、披露宴会場、新郎新婦の座るはずだった机の上にある。防御創もあり、生きている間にやられたことは確実だ。だが、争うような声は誰も聞いていない」

「そうなの?」

「ああ。その前に殺されたのかもしれないな。そして死因としては、胸にささったナイフ」

「肉用ナイフで人を殺せるとは思わないけど……」

「あれだ」

そう言って、剣木は式場上部にある風船のたばを見つめた。色とりどりの風船が天井に飾られている。

「式場内の飾りつけの最終調整を、スタッフたちが行っていた。彼らが置いていったナイフだ。革ひもを切ったり、紐テープを切ったりするものだな」

「なるほど……。でも、ナイフなんてものを、忘れる?」

「――ここのスタッフは、今日は人手不足らしい。ベテランも不在のようだし、忙しくて気が回らなかった可能性はある」

「そういうことか……」

亮一は、悔しそうに口元をゆがめた。

自分の父親がそれで殺されたのだから、仕方ないだろう。

「今のところ、まだナイフからは指紋も検出されていない。……この状況で、考えられることは？ お前も元警察官だろ」

「正直、見当もつかないよ。最初は、真由――俺の昔の彼女かと思ったけど」

「ほう？」

「ドレスの件もあったし。うちの親父には紹介したこともあったけれど、仲はあんまりよくなさそうだったから」

「だが、違うな。俺と一緒にいた。アリバイは確実にある」

そうだよね、と亮一は俯く。

「まさか、剣木が捜査をつづけてるなんて思わなかったけどな。やめて、って言ったのに」

「気になるものは仕方ない。事件とはパズルだ。完成させるのが、俺の主義でもある」

「どこかで、痛い目にあうかもよ」

「その時はその時さ。とにかく、ドレスの犯人と、この殺人事件の犯人は別だ」

剣木は、あごを撫でた。夕方が近づいてきたせいか、ひげが現れ始めている。指の指紋がなくなりそうだ。清潔感を意識しない剣木が、日々ひげそりを手放せない理由だった。

「気になる人物は？」

「分からない。俺にも、母さんにも、勿論優菜にも殺す理由はない。考えられるのは、父さんの仕事関係の人だ。でも、招待してない。優菜の養父母が、仕事関係者は招待したくないと言ったから、均等にしないといけないと思って」

「……ちょっと待て」

剣木は亮一を止める。

だが、亮一は父の死体にふらりと近寄りながら、言葉をつづけた。剣木の言葉も届かないほど、気持ちの面で危うい状態になっていることが理解できた。

「父さんの仕事関係者からは何度も連絡が来たよ。実はこっそり会場に入っていた人もいるみたいだ。その人たちに聞き込みを行えば――」

「違う。その後だ。新婦の養父母は、仕事関係者を招待したくないと言ったのか？」

亮一は、まずいことを言った、という顔をした。

顔を背ける友人に、剣木は歩み寄る。捜査員の数人が、二人を見つめた。

「自分の娘の結婚式に、仕事関係者を招待したくない？　おかしいだろ、それは」

「養女だったから、というのもあると思うよ。あまり、関係はよくなかったみたいだから」

「だが、式には来たじゃないか」

「最低限のマナーとして、じゃないかな。ああ、それに、うちの父さんとも知り合いだったみたいだから」

「なんだと？」

そんな話は、焼き肉屋の時には出なかった。

あの後、沙羅が追加の五皿を注文し、それを食べきるまで質問――尋問はやめてくださいねと事前に沙羅に言われていたため――は続いた。

「お前の父親との関係も、新婦の父親に尋ねた」

「いつ？」

「焼肉屋で……いや、それはどうでもいいんだ。とにかく、その時には、新婦の父親からは、会ったこともないと言われたよ」

「そんなはずはないよ。だって、あの人も、もともと社会学を目指していたんだから」

「なんだと？」

「でも、家庭の事情で大学には行けなかったんだ。だから、うちの父は、使い終わった大学の教科書とかを、彼に見せていたんだって。社会倫理に関する話もしたって言ってたよ。次に出す本についても、議論したって」

剣木は、息をのむ。意図的に事実を隠すのはどんな時だ？

もちろん、「やましいことがある時」だ。つまり、新婦の父は、剣木には知られたくないことがあった。ならば、剣木のするべきことは一つだ。

「亮一、すまん。そろそろ会場から出てくれ。俺は、やることがある」

「捜査の続き？　関わっちゃいけないんじゃないの？」

「解けそうなパズルがすぐそこにあるんだぞ。放っておけるか！」

そう言って、剣木は警察官のジャケットを脱ぎながら走り始める。亮一もあとを追った。最後に、白すぎるほどに白くなった、己が父の顔をみてから。

＊＊＊

愛知行きの新幹線は、午後四時十分に出発予定だった。

品川駅まで車を飛ばしてきた剣木は、タクシー乗り場に愛車を乗り捨てた。怒号が飛んだが、そんなのに構っている暇はない。

改札を無断侵入し、駅員に追いかけられながらホームに走った。新幹線特有の、機械質な匂いが剣木の鼻腔をついた。

二十分に出発予定で、現在時刻、十九分。養父母の姿を探すために新幹線に乗ったが、混み合っているせいで、なかなか進めない。人の群れが、剣木の進路を邪魔しつづける。

「くそ！」

たまらず新幹線から下りる。二人を探し始め、ようやく先頭から五つ目の号車で見つけた。二人は何かを語り合っており、窓際には、ビールと蜜柑とつまみがおかれていた。どこまでも優雅だ。そもそもグリーン席というのが、剣木には気にくわなかった。

またなかに入ろうとした、その時だった。

「おい！　君、何やってるんだ！」

駅員数人が、剣木の両腕を抑えた。

「まて！　あいつらは重要参考人だ！」

「君は無賃乗車だ！　いいから、来なさい！」

そして、ベルが鳴った。教会の鐘と同じく、物事の終わりと始まりを告げるベルだ。新幹線はゆっくりと進み始め、剣木は、ああ、と頭を抱えた。

グリーン車のなかから、夫妻が剣木の顔を見た気がした。だが、話を聞くことはできない。剣木は重要な情報を、取りのがしたのだ。

＊＊＊

ネットカフェに入ったのは、午後四時半のことだった。

品川駅の駅員室に連れていかれた剣木は、そこで警察手帳を見せ、事情を説明した。駅員たちは顔を見合わせて悩んでいたが、捜査に支障を来すとまくしたてる剣木の剣幕に推されて、無罪釈放となった。とはいえ、警察署には問い合わせをしたらしいが。

「プラン？　どれでもいい。検索と印刷ができればいいから！」

そう受付に言って個室に入ると、すぐに新婦の養父母のデータを調べた。秋元靖男と、秋元由紀。それぞれの名前をネット検索に打ち込んでみる。

——ＴＯＷＡの下請け工場として、部品開発を進める秋元靖男さん。最新技術で宇宙開発もサポートする名物社長にお話を聞きました。

——町内会会長（秋元靖男さん）によると、ゴミ出しルールの改革については市議に意見をするとともに……。

——小学校の職場見学に毎年選ばれる「秋元工業」さん。子どもたちからの感謝の手紙を一部お見せいたします！

「意外と、顔が広いんだな」

剣木は顎を触る。夕方になり、ひげが完全に出てきた。

「いたっ」

親指の先が痛み始めている。ひげそりがないかと鞄を漁ったが、警察署に置いてきたらしい。

舌打ちして、もう一度、画面に向かった。

三十ほど出てきた記事すべてに目を通して、それぞれ印刷ボタンを押す。よくある名前だからか、まったく別の地方の別人も出てきたが、注意深くそれらを取り除いていく。

だが、社会学者・棚山法明との関係は、どこにも出てこなかった。眉根をよせたその瞬間、誰かに背後から声を掛けられた。

「動くな」

ここは個室だ。鍵もかかっていたはず。だが、侵入者は、背を向けていた剣木の腰元に、硬い無機質な金属を当てていた。

少なくともそれが、楽しいおもちゃであるはずはない。——普通ならば。

「両手を上げて、大人しくしろ」

そんな声がして、剣木は片手をキーボードから離した。言われた通りにしながら、答える。

「……スタンガンか？」

「残念、違います」

「で、何をしているんだ、沙羅君」

振り返ると、そこには私服に着替え終わっている沙羅が、いた。

沙羅は、腰に当てていたひげそりを持ち上げる。剣木の愛用の品で、十年ほど前に買ったものだ。

もう随分古いが、特に取り換える理由もないので――沙羅に言わせれば不衛生だということだったが――今も使っている。

それを手渡されて、剣木は舌打ちしそうになった。この、どこまでも気の利くところが、逆に申し訳なくなるのだ。

「お届けに参りました。教育係どの」

「別に、頼んじゃいない」

「この後も、どうせ捜査をつづけるんでしょう？　だったら使ってください。不衛生な警察官に事情聴取されるなんて、参考人が可哀そうすぎますから」

忌々しそうな顔の剣木に、沙羅が手に持っていた書類をパソコンの隣に置く。大量の秋元靖男に関する資料だった。

「これ、なんで全部印刷するんですか？　捜査員に配るには数が足りないし、調べるならネットで見ればいいだけだし」

「ネット閲覧では、理解力が三十五パーセント落ちるという研究もある。印刷物にした方が、細かいところまで把握できるからさ」

「ネットネイティブとしては、そんなに差があるとは思いませんが」

「俺もそう思うがな。実体験として、印刷したことで、捜査が進んだこともある。まあ、そこまで疑うなら、君はそこの印刷物から、秋元靖男の情報を探してくれ」

そう言って、剣木は背を向けた。印刷したデータを押し付けられた沙羅は、まったく、と言って紙の束に向かい合う。

「一応、手伝いますけど。これで何か見つかったら、たこ焼き食べに行きませんか？」

「この俺が、見落としているとは思わんがな」

「なら、ますます印刷した意味が……。あっ！」

「なんだ!?」

沙羅の声に、剣木は振り返る。

「この記事、名前が一個だけ、『秋元法明』になってる。被害者の棚山法明さんと間違えたんですかね」

「間違えたということは、その二人の間に関係性がある証明になるが……。いや、ちょっと待て」

剣木は、パソコンに向かい合う。


――「秋元法明」　検索結果11件。


「だめだな。関係ないページばかりだ」

「先輩、何してるんですか？」

「秋元靖男は、被害者と社会学について議論を交わせるほど関係性があったらしい」

「えっ」

「だが、本名ではデータが出てこない。ならば、違う名前――研究者としての芸名を使っていたのではないか、と思ってな」

そう言って、剣木は次々に、名前を打ちこんでいく。元の名前が、秋元靖男。別名を作る時は、本名に近い名前にすることもある。そうしないと、呼ばれたときに返事できないからだ。まったく別の名前にすることもあるが、そうでないことを剣木は祈った。

「……ダメですね。全然出てきませんね」

「社会学者としての名前は、まったく別の名前を使ったのか……？」

困った椅子に背を預ける。今日一日の凝りをほぐすように首を後ろに傾けると、沙羅の持っている書類が上下反対に見えた。

「……ん？」

「なんですか？」

「もしかして……」

そう言って、もう一度、パソコンに向かう。打ち込んだ名前は、「靖国元秋」。出てきた結果には、社会学者としてのブログや記事、棚山法明との対談まで盛り込まれていた。

「……ビンゴだ」

「えっ。なんで分かったんですか？」

「靖男は、靖国神社の男、と書く。戦争の話もしたことだし、靖国神社には思い入れがあるんだろう。そのうえで……」

「なんです？　聞かせてくださいよ」

「……刑事ってのは、最後は勘だ。いや、なんでもやってみることだ。君の書類がさかさまになっていた。だから俺も名前をさかさまにした。……それだけだ」

剣木の素直な言葉に、沙羅が目を細めて身を引いた。明らかに、「残念だ」という顔をしている。

剣木は思わず声を荒げた。

「そんなに毎回、名推理ができてたまるか！　捜査っていうのは偶然から解決することもあるんだ。結果的に分かったんだからいいじゃないか！」

「結構、期待してたんですけど……。まあ、いいです。この社会学者としてのページも、全部印刷します？」

「いや、捜査本部にデータを送るだけでいい。情報が多すぎるからな。必要な部分だけ取捨選択してもらおう」

「手柄、横取りされちゃうんじゃないですか？」

「それでもいいさ。友人が関わっているんだ。早く終わらせよう」

「……意外」

沙羅のつぶやきに、剣木が顔をしかめる。

「別に俺は、手柄にこだわっているわけじゃない。ただ、盗まれるのが嫌なだけだ」

「同じことじゃないですか？」

「自分が作ったパズルを、誰かに『俺がやりました』と言われて気持ちいいわけがないだろう。だが、俺が作ったパズルを、俺の許可を得て、君が『私がやったんです』というのは問題ない。元から、刑事になりたくてなったわけではないからな」

「じゃあ、なんのために」

「この世界が、つまらなすぎるからさ」

剣木が、椅子に背中を預ける。

沙羅は、その背に手を置いた。剣木から、孤独という名前のこの世への不信感が漂ってきたからだ。いや、不信感というには、軽すぎるかもしれない。退屈な日常を恨む人間特有の、物憂げな様子だった。

「たいていの謎は解けてしまう。簡単に、目の前ですぐに。それではつまらない。複雑な人間同士のパズルを解かせてほしいと思って警察に入った。だが、入ってみたら、毎日単調な任務の繰り返し。今回のような事件は、早々ない」

「人が死んでいるんですよ。今回の事件も面白がらないで下さいね？」

「君に言われるまでもないよ。友人が関わっているんだからね。だが、それでも……」

剣木は遠い目をする。沙羅と同じことを、今まで何人もの人間が告げた。犬居もそうだ。教育係として、毎度のように「被害者の気持ちになれ」という。だがそれは、剣木には無理なことだった。

「それでも、ね。僕は、壊れているんだろうな、きっと」

剣木の言葉に、沙羅はその綺麗な顔を見つめた。整った顔、適度に散髪された髪の毛、清潔そうな姿。黙って歩いていれば、言い寄る相手は数知れないだろう。だが、それでも、剣木は孤独だった。

彼の「謎解き」を手放しで歓迎してくれる人はいないのだから。

「……じゃあ、私が事件を運んできましょうか？」

「なんだって？」

「こうみえて、警視正の娘ですから。世の中の難解事件を、剣木先輩のもとに運んでくることくらいできますよ」

「馬鹿を言うな。君は、親を頼るのは嫌いなんだろう」

「大嫌いです。親の七光りって言われつづけるのも。でも……。見捨てられないじゃないですか」

「……これは、これは。光栄なことで」

沙羅の言葉に、剣木は笑う。それは自嘲でも苦笑でもなく、どこか安心したような微笑みだった。皮肉に笑って見せてはみたものの、自分の弱音を笑いもせず、否定もせずにいてくれたことが有難かった。

沙羅にも、剣木の言っていることが全部、理解できるわけではない。活発で論理的な女性だったが、一般人の感情論も持ち合わせているからだ。それでも、目の前の剣木が――先輩で、教育係で、最近毎日のように一緒にいる人が――孤独を感じているなら、それを見捨てるほど非情でもなかった。

「でも、新婦の養父が犯人だとして、新郎の父親を殺す理由ってなんですか？」

「人を殺すのに理由なんていらないさ。そこに山があるから昇るように、そこに人がいたから殺してみたくなったやつもいる。太陽が暑かったからというやつもいれば、幸せそうだったからというやつもいる。ただ今回で考えられるのは――」

そう言って、剣木は沙羅の顔をみた。

「例えば、法学者というのは、基本、大学を卒業していなければなれないんだ」

「そうなんですか？」

「大学に所属する研究者のみを、『法学者』というくらいだからね。同様に、高卒では就けない仕事は多数存在する。新婦の養父、つまり秋元靖男は、高校卒業後、町工場の社長や町内会会長として活躍していた」

剣木は、さきほど見つけたブログを見る。秋元靖男と、被害者の棚山法明の言葉が、いくつもつづられている。多くの被害者は「声なき者」と言われるが、著名人に限っては別だ。

「これを見る限り、二人は丁々発止のやり取りをしている。被害者が、秋元靖男を褒める箇所も随所に見受けられる。被害者が褒め上手なのかとも思ったが、たしかに、靖男の発言には鋭いところも多い」

「たしかに。新婦の養父は、本当は大学に行きたかった。だとしたら、学生相手に教鞭をとり、本も出している社会学者が、自分と同程度の知識しかないと思ったら苛立ちも募るかもしれませんね」

沙羅も納得してうなずく。

剣木は、改めて、沙羅の頭の中身に感謝した。一々説明しなくていいというのは、ありがたいことだ。刑事すべてがそうであればいいのだが、理想とは程遠い。

自分が言いたいことをすべて説明しなくてはいけない新人だとしたら、こんなに長時間一緒にいられないだろう、と剣木は思った。

「そういうことだ。口論をしていて、ついカッとなって殺してしまった。これが殺人理由の最たるものだ。計画して殺す故意の殺人は、意外と少ないもんだよ」

「となると、新婦の控室にいたというアリバイも、家族ぐるみで隠したと?」

「そういうことになるね。新婦の養母の癖をみたかい?」

「ええと、腕をつかむことですか?」

「そう。あの癖が、新婦にもうつっていた。同じ空間で一緒にすごしたもの同士は、癖が映ることが多い。あるいは、相手に好感を持っている場合だね。ミラーリング効果を無意識に発揮しようとしているんだろう」

沙羅は、自分の腕を掴んでみる。意外と手がスムーズには動かない。癖になるまで、長い年月、繰り返しがあったのだろうと推測された。

「つまり、新婦も、養父母への愛情があった？」

「そう。焼き肉屋から出て言おうとしたが、新婦の養父が『新婦の控室で昼寝をしていた』という発言自体、おかしなものだよ。結婚式当日に、娘の控室で仮眠をとる。そんな親がいたら、俺は追い出すね。警視正がそんな人間でないことを祈るよ」

「私の結婚式に列席するつもりなんですね、先輩は」

「確証はないがな。教育担当なんだ。君が望むなら、俺も行ってやらないでもない。焼肉を奢ってさえくれればな」

「後輩にたかるとか……。でも、なんか引っかかるんですよねえ」

そう言って、沙羅は、顎に指を当てる。それは、いつもの剣木の癖だ。

さすがに剣木も気づいて、「沙羅君……」と指をさしたが、沙羅は返事をしない。深く思索しているらしい。

まるで普段の自分と沙羅の姿を、逆にしたようだ、と剣木は思った。何故癖が移ったのかについては、考えないことにした。その方が、互いの関係性のためにいいと思ったのだ。それは沙羅も同じだった。自分があごを撫でていたことに気づいて、慌てて手を下す。

「だめですね、まだ何も確証がない」

「まあ、俺もこれが正解だとは思っていない。だから、連絡したよ」

そう言って、剣木はスマホを取り出した。そこに書かれていたものをみて、沙羅は目を見張る。

まったく、剣木は刑事としては一流だ、と改めて思った。

「君も行くかい？」

沙羅の答えはもちろん、イエスだった。剣木もそれを心得ていたのか、すぐに立ち上がる。

パソコンのなかで、生前の棚山法明が、楽しそうに笑っていた。

＊＊＊

ライトアップされた浅草・雷門は、午後五時半の憂鬱な春にも輝いていた。

行きかう人々は洒落た旅行カートや、商店街で買った和菓子を手にしている。外国人と着物の人々が入り混じる、人種のるつぼともいえる浅草で、剣木は沙羅とともに、花壇に腰をかけていた。

ひげを綺麗にそったおかげで、小ざっぱりとしている。そり残しがないか、手でおさえたが、大丈夫そうだ。

四月とはいえ、初旬は冷える。桜もとうに散り、浅草駅の周辺にはカーディガンを寒そうにはおった人々が歩いていく。

同じく寒そうにしている沙羅に、剣木は面倒そうに自分のジャケットを放った。かけてやるのが礼儀だとは知りながらも、それは気が引けた。

「先輩は、どこの国にいたんですか。お父さんと」

「色々と転々としたよ。アメリカ、ロシア、中国、台湾、ドイツ……。まあ、父親の気が赴くままにな」

「お父さん、何の仕事をしていたんですか？」

「さあ。パン屋で働いたり、日雇いの仕事をしたり。家にいて何かを書いていることも多かったがな」

「じゃ、旅行ライター？」

「たまに編集部とも話をしていたからそうかもしれない。だが、詳しいことは知らない。母親も、そんな生活に嫌気がさして、俺が三つの時に離婚しているしな」

沙羅は、剣木を見つめる。剣木が、自分の過去を話すとは思わなかった。剣木も、沙羅の視線の意味に気づいて、「ああ、すまん」と告げた。

「そういう意味じゃない。母がいなくても俺は楽しかった。父の気まぐれでいろんな国を渡り歩くのもな。放っておかれることが多かった分、謎解きの楽しさにも気づけた。恵まれた子ども時代だったと思うよ」

「そうですか……」

君はどうだ？　と聞こうとして、剣木は口をつぐんだ。

そこには、触れてはいけない気がしたのだ。親の話をすると、沙羅はうつむく。普段は前をむいて、いつも走っているような気がするのだが。両親や家庭の話は、沙羅にとって地雷原だった。自分の四肢五体をうしなうほどに、心には傷がつくのだろう。

「……警視正は、厳しい人だ。君は苦労してそうだな」

「誕生日は、いつも参考書とノートでしたよ。クリスマスもなし。恋愛もだめ。おかげでこの年になるまで、彼氏ができたこともありませんでしたから」

「もったいない。顔はいいのに」

「ちょっと、顔は、ですか。顔も、でしょう」

「この一週間弱、君に踏まれた足は常々、痛む。時々、折れていないか気になるほどだが、その件についてはどう考えている？」

「剣木先輩が、もうすこし常識人になればいいと思います」

「……そう来たか」

剣木が笑うと、つられて沙羅も笑った。互いの距離感が心地よかった。男と女の間には、劣情があるだけではない。恋愛感情なんてなくても、バディはできる。いや、ないほうがいいのかもしれない。

互いを、ただの人間、友人として尊敬しているからこそ、保てる距離感がある。

「ところで先輩、聞きたいことがあったんですけれど」

「うん？　なんだ？」

「殺人現場に、被害者の息子さん——新郎の亮一さんを連れて行ったって本当ですか？」

「……もうバレたのか」

「……捜査官から電話があったんですよ。先輩が遺族を連れてきているようだって。私が電話を取って、犬居さんに代わってくれって言われたけど『今席を外している』って答えて。電話を受けたのが私だったから良かったものの、周りに知られるのも時間の問題ですよ。その時には、相応の処分が下るかと」

「まあ、仕方ないさ」

「私を連れて行かなかったのは、私が、先輩の被害を受けないようにですか？」

剣木が、沙羅を見る。沙羅の目は真剣だった。しかし、そこには若干の怒りも含まれている。

剣木は、足元をみて、沙羅に近い方の足を隠した。踏まれることを覚悟したのだ。

「……二人で話したかっただけさ」

「じゃあ現場まで連れて行って、私だけ別室待機でもよかったじゃないですか。いいですか、私たち、バディなんですよ。問題を起こすなら、一緒に起こしましょうよ」

「魅力的なお誘いだ。一緒に刑事をやめることになってもいいのか？」

「それはお断りです。ただ、独断で行動しないでください。私がフォローできるかもしれないことも、一人でやられたら、手が付けられない。お分かりですか？」

「分からん」

剣木は心底そう思った。呆れたような顔の沙羅に、首をかしげて尋ねる。

「君は、刑事として身を立てたいんだろ。だから大学に行き、あの七面倒くさい国家公務員試験も受けた。なのに、俺なんかのために将来を棒に振っていいのか？」

「問題というのは、露見する前に潰せば遺恨ものこりません。私は、そういう方向に長けているので」

「……さすが警視正の娘」

「なんとでも言ってください」

今朝までは警視正のことを言うだけで文句を言っていたのに、と剣木は思う。

人は一日で成長するらしい。では、自分は？　ただ謎を解いていただけだ。新人が向上心をもって前に進んでいるのに、先輩のほうは停滞しているというのは頂けないな、と剣木は思っていた。

「あの……剣木刑事、ですよね？」

そんな声がして、剣木と沙羅が振り向く。

そこにいたのは、私服に着替えた新婦――まだ旧姓の、秋元優菜だった。

＊＊＊

東京タワーとスカイツリー、どちらが好きか、という話をしたことがある。

沙羅は、「洗練されたフォルムが好きなんです。無駄がないでしょう」といってスカイツリーを推した。一方の剣木は、「一見無駄に見えるものにこそ美が宿る」と東京タワーを好むと話した。

優菜は、どちらも好きだと言った。どちらも、人々を支えるものだから、と。

「……上着、持ってきてよかった。今日は寒くなりましたね」

と優菜がつぶやく。東京・浅草には、二つの巨塔がどちらも見える店がある。

浅草川も見える店に入って、三人は座っていた。テラス席に座る優菜の小さな顔は、月光に照らされて一層、白く見えた。美しいという意味の白さではなく、病的にすら見える。

今日の結婚式での心労がたたったのだろう、と理解しながらも、それ以外にも何かありそうだ、と剣木は思った。

「すみませんね、お呼び立てして」

「いえ。きっと、呼ばれると思っていましたから……」

「ほう、それはどうして?」

「私、疑われているんでしょう?」

優菜の言葉に、沙羅は目を細める。被害者は、優菜にとっては夫の父親だ。何か諍いがあったと思われてもおかしくない。

「取り調べでも、色々聞かれました。お義父さんとの関係は悪くなかったか、口論したことはなかったか、二人きりで会ったことはなかったか、って」

「日本で起こる殺人の半分は、家族間殺人です。結婚する予定だったとすれば、疑われるのは仕方ないことですね」

「だった、と言わないでください。私は、いまも亮一さんと結婚するつもりでいます」

強い目でにらむ優菜に、剣木は「失礼」と素直に謝る。

しかし、その態度にほっとした顔の沙羅を横目に、剣木は言葉をつづけた。

「おかしな話だ。亮一は、殺人事件の遺族。まあ、殺された側がすべて悪い、なんてことはないが、誰かとトラブルが起きていたことは事実です。そんな男と結婚したいですか? 結婚するなら、幸先がよさそうな、何も問題がない人間がいいのでは?」

「先輩、それは被害者遺族への偏見ですよ!」

「そうか?」

「差別的ですし、倫理的にもおかしいです!」

「そう。おかしい。そのおかしさが、人間が人間たる証拠なのではないか? だれもが、倫理的に、論理的に、差別せずに生きられるわけでもないのに、あなたは、亮一を見捨てない。なぜです？」

沙羅の抗議も、剣木は意に介さない。わざと優菜を挑発しているわけではない。剣木には、本当に、優菜の行動理由が理解できないのだ。

「分からないんですか？」

と、優菜は少し困ったように尋ねる。

「本当に、分からないんですか？」

もう一度尋ねる新婦——になるはずだった女性に、剣木は真剣にうなずく。

優菜は、顔をそむけた。

「亮一君はね、可愛いんです」

「可愛い？　たしかに細身ではあるが、女性的な可憐さはないはずだが。まさか、家では、女装を？」

「すみません、優菜さん。気にせず続きを話してくだされば嬉しいです」

沙羅の足が、剣木の足を踏もうとする。思わず剣木は避けたが、それを悟っていたのか、もう片方の足を踏まれた。剣木が進化しているように、沙羅も相手の行動を読み進めているのだ。

「待ち合わせに到着すると、ふにゃりと笑うんです。手をつなぐと、嬉しそうに手をブンブン振るんです。私が先を歩いていると、後から楽しそうについてくるのが、ショーウィンドウに映っているんです。そういう一つ一つが……可愛くて。女の人は、男の人を可愛いと思ったら、負けなんですよ。どんなことでも、許せちゃう」

「私も、本当にそう思います」

「刑事さんも分かります!?　やっぱり、男も女も、性格が可愛いのが一番ですよね」

「ええ、勿論！　いつも斜に構えて謎解きにしか興味ない男とか論外ですね」

「ですよね！　人と違う考え方をするのがかっこいいと思っている男の人、一周まわってダサいですよね」

　剣木は、咳払いした。

　このままでは、話の論点がずれつづけると思ったからだ。そして何より、先ほどから色々な傷が、自分の胸の奥底にできている気がしたからだ。

「つまり、……俺には理解できないが、優菜さんは、亮一のことが好きでたまらない、と。だから結婚の意志も継続する、と」

「そういうことですね」

「そのためには、世間体を捨ててもいいと？　今回は被害者遺族だったからマシなものの、マスコミには追い回されるし、仕事をしても友達ができても『あの人は実は……』と言われつづける。それでも？」

　優菜は、一瞬ひるんだ。未来のことを色々に想定したのかもしれない。だが、その逡巡は、「一瞬」でしかなかった。ゆっくりとうなずくと、「ええ」とまっすぐに剣木をみて、告げたのだった。

「……亮一は、いい奥方を持ったものだ」

「まだ、籍は入れていませんが」

「精神的には、結ばれている。それは紙切れの契約よりも、大きなものだろう。少なくとも俺は、そう思うがね」

　剣木の言葉に、優菜が柔和に微笑んだ。自分たちの婚姻を認めてくれる人がいる。そのことが、優菜としても嬉しかった。結婚式が、殺人事件という形で中止になるという経験は、万人がするものではない。かなり特殊な事例だろう。

だからこそ、剣木の言葉が胸にしみたのだ。

「残念だ。あなたも、犯人の一人だと思っていたのに」

「いた？　過去形ですか？」

「ああ。どうやら、違うらしい。本当の犯人は……あなた方ですね。秋元夫妻」

そう告げると、沙羅と優菜も、振り返った。

そこには、テラス席に、今出てこようとする老夫婦の姿があった。愛知に新幹線で向かったはずの、秋元夫婦であった。

＊＊＊

「愛知に帰らなくてよかったんですか？」

「品川駅のホームで君をみたよ。すべて、知られてしまったのだと思ってね。だから……戻ってきた。次の駅で降りて」

「この場所は、優菜に聞いたの……。その優菜はどこに？」

「席を外して頂きました。お二人の犯行動機を聞くというのは、結婚式で殺人事件が起きた娘にとっては負担が大きいでしょうから」

由紀の質問に、沙羅が答える。「まあ、そうだね」と靖男も言った。

剣木たち四人は、川が見えるテラス近くから移動して、古い喫茶店で向かい合っていた。雨も降ってきて、これ以上、外にいるのは無理だと判断したのだ。

「今頃は、帰路についているか、他の店に入っているか、でしょうね。娘さんが傍にいないのは、薄情だとお思いですか？」

「いや、薄情なのは私たちだ。今の時代、中卒しか卒業していないのは、六パーセント。高校までが十四パーセント。専門学校・大学・大学院に進むのが八十パーセント。たしかに、今の時代で考えると、優菜が大学に行きたがるのは当たり前のことだ」

店は和風の造りで、洋風の披露宴式場とはまったく違った。結婚式場の洋風な喫茶店で新郎両親と話をしたときは、こんなに長い一日になるとは思っていなかったな、と改めて剣木は思う。

「だが、私は大学どころか、高校にも行けなかった。私たちの時代は半分が中卒の時代だったからね。高校を卒業するだけでも、高学歴と言われた時代が、たしかにこの国にもあったんだよ。うちの父なんて、小学校しか卒業していないんだから。ずるいじゃないか、優菜ちゃんだけが……」

「七十年前とは、時代が違います」

「そう。それだ。若い人はみんな言う。『時代が違う』とね。『だから分かってほしい』と。でも、こちらの気持ちは知ろうとしないんだ。苦労したことも、学歴社会でさげすまれたことも」

秋元夫妻の妻――由紀が、自分自身の腕を握った。彼女も、苦労したのだろう。靖男の記事の一行書かれていただけだが、中学を卒業と町工場の下働きに入り、それが縁で、靖男と出会ったという。

まだ十四歳の少女が、火花の散る工場に入るのは大変だったことは、誰にでも分かる。そんな時代を、二人は生き抜いてきたのだ。

「年寄りには同情してくれないのに、自分たちには共感してくれという。無理だよ。私は、そんなに優しくなれない」

「お二人は、十分に優しいと思いますよ」

沙羅が、横合いからそう言った。剣木が腕をくんで喋らないので、自分が話すべきだと理解したのだろう。

剣木としても、その方がありがたい。一般人の過去にも、現状の世間への不満にも興味はないのだから。剣木が応対するとしたら、「それでは警察署に」「あとは警察署で」「そうですね、警察署で」としか言わないだろう。沙羅も、そのことは理解していたからこそ、あえて話し相手になっているのだ。

「優菜さんには、他にも親族がいた。父親のきょうだいも、母親のきょうだいもいた。でも、誰も彼女を引き取りはせず……結果的に、大叔父・大叔母という少し離れたあなた方が家に招いたんですね」

「招いた、というほどじゃないよ。金には困ってなかったし、子どもも孫もいない。もう大きくなっていたし、面倒をみることもそうないだろうと思っただけだから」

「同じ条件の、他の大叔父たちは、みんな見捨てたわけですから。……十分に、優菜さんを助けたと思います」

沙羅の言葉に、はじめて靖男が顔をあげた。由紀は、腕をつかんだまま、そんな夫を見ている。腕をつかむ力は、段々と弱まっていた。

「……褒められたのは、久しぶりだな。なにかと文句を言われることの多い人生だったから」

「町工場の有名社長なんですよね？　町内会会長もやっていらっしゃる。世の中に、認められていらっしゃるじゃないですか」

「どちらも、押し付けられたものだよ。自分からやりたいと言ったわけじゃない。みんな面倒だから、君ならできるだろうって表面上はいい人のふりをしていうんだ。まったく、ひどいもんだよ」

由紀も、それにうなずいた。

「町内会なんてね、まとめるのは無理なんですよ。主義主張の違う人間同士が、肩を寄せあって生きているだけ。考えが一つになるわけもないんです。でも、みんな勝手なことをいう。私たちにも、もっとしっかりしてくれとか、会合を増やしてくれとか、会議の時のおやつは……とか」

「そう。それで市議に話をしに行っても、五分や十分、話をきいて終わりだ。あちらも分かっているんだよ。町内会なんてものが意見しても、受け入れる必要はないって。ただ話を聞いてもらえれば満足するんだろうってね」

沙羅は、剣木を見てから、話題を変えた。

これ以上、一般市民の日常生活への愚痴がつづけば、剣木がうなりはじめるのが分かっていたからだ。

「法明さんを殺したのは、やはり、学歴の問題ですか」

「ああ……。ああ、そうだね」

靖男は、若干戸惑ってから、俯いた。

「おかしいじゃないか。私は中学しか、出ていない。法明は、大学院まで進んだ。私の方が社会学には詳しい。データだって沢山集めている。会社の仕事をしながらね」

日々、社長業をしながら研究を進めるのは、さぞかし大変だろういうのは、剣木にも想像がつく。一方、法明は、学生に社会学を指導しながら、社会学の本を書き、社会学に専心している。どちらも別の種類の困難さがあるだろうが、靖男が法明を妬むのは、理解できる気がした。

「それなのに、社会学者として認められているのは、あちらだけだ。私は、在野の研究者ですらない。ネットでブログを書くだけの一般人。法明と討論したとき――あいつは、こう言ったんだよ。『中学しか出ていないのに、その知識量には驚かされます』って」

由紀が、心配そうに靖男をみた。靖男は、自分の膝を握りつぶしそうなほど、強く握っていた。

店の外では、雨脚が強くなっている。窓ガラスにつきささるような雨音が響いていた。

「中卒で何が悪い。俺はこれまで頑張っていた。他の連中と同じように、頑張っていたんだよ。なのに、どれだけいい研究をしても、結局、『中卒』扱いだ。なんでだろうな。ただ親が金持ちだったというだけで、なんで法明は、あんなに偉そうにできるんだろうな」

「……沙羅君、君まで落ち込まなくていい」

剣木が、申し訳なさそうにうつむいている沙羅に、そう告げた。沙羅としては、親が警視正という高い役職に就き、衣食住に関しては何不自由なく生きてきたという申し訳なさがあるのだろう。

だが、それはお門違いだと思った。高学歴のものすべてが、低学歴の人間を見下しているわけではないのだから。特に沙羅は、そんな意識さえ持ったことがないだろう。

「優菜の結婚相手が、あの法明の息子だって知ったときは驚いたよ。最高のチャンスが訪れたと思った。法明の息子と、俺の娘が対等だっていえるって……。誇らしくなったよ」

靖男が顔を上げる。その泣き笑いの顔に、沙羅は胸が痛くなった。

「なのに、あいつ、両家顔合わせの時、なんて言ったと思う？」

沙羅は、心配そうな顔をして、身を乗り出した。傷をえぐることにならないか、と思ったのだ。それでも、刑事ならば聞かねばならない。

「中卒の娘が、俺の息子と結婚するとは、ですか」

「そんな下品なこと、あいつは言わないよ。『中学しか出てないのに知識が豊富だ』って言ったのも、あいつなりには、誉め言葉なんだ」

「じゃあ……」

「『これから、また沢山議論できますね。お互い、頑張りましょう』。それだけだ。それだけ言って、握手を求めてきた。俺の、工場の油で汚れた手と違って。綺麗な、ペンだこのできた手で」

遠い目をした靖男の腕を、由紀が引き留めるように掴む。

その二人の手は、今は結婚式当日だったということで綺麗にしていた。だが、普段は工場油に彩られていることは想像に難くなかった。

「あいつにとって、俺のコンプレックスなんて想像もできないことだったんだろうなあ。俺が誇らしいと思ったことも、ようやく対等になれると思ったことも、あいつは、気にもしないんだ。その傲慢さが、恵まれたもの特有の無意識が、憎かった。憎かった、憎かった！」

初めて感情をあらわにした靖男の声に、剣木は目を細める。

恨む相手のいる人間の顔は、いつも同じだ。泣きそうに顔をゆがめ、口元は、今まで蓄積した憎しみに震えている。

靖男も、その例外ではなかった。いや、他の犯人たちよりも、苦しいものだったかもしれない。長い年月、蓄積された分だけ。

「……だから、殺した?」

「ああ……。披露宴会場で、法明に聞いたんだ。『俺のことをどう思っている?』って。あいつはこう答えたよ。『大事な友達だと思っているよ。こんなに議論が楽しいのは、君だけだ』って。……最後まで、あいつは、俺に恨まれているなんて、気づかなかっただろうなあ」

そう言って、靖男は立ち上がった。由紀も、静かに席を立つ。

「私が法明を刺したんだ」

「その時はまだ生きていたけれど……。顔も見られているし、このままじゃ、お父さんが罪に問われる。だから、私がとどめを……」

「優菜ちゃんには、控室にいたとして、隠ぺいを手伝ってくれ、と言ってね」

そう言って、二人は顔を上げた。

どこか晴れ晴れとしたような顔だった。旅行カートは、もう必要ないと思ったのだろう。店さきまで運んで、手を離した。

「さあ……。すべて終わりだ。手錠は?」

「……お二人には必要ないでしょう。車まで同行をお願いしても?」

「もちろんよ……。お父さん。行きましょう」

由紀が、靖男の腕を支える。靖男は、そんな由紀の手を暖かくなでた。

殺人犯という肩書きさえなければ、それは感動的な光景だったかもしれない。だが、ひとを一人殺しているのだ。純真な夫婦愛に涙するわけには、いかなかった。

「優菜ちゃんには、また恨まれるだろうな。自分を大事にしなかったばかりか、結婚式まで台無しにして……」

「そうね。でも仕方ないわ。私たちは、それだけのことをしたんですもの」

そう言って、四人が喫茶店を出ようとした時だった。


「……待って！　行かないで！」

喫茶店の前に、優菜が立っていた。

目にはすでに涙をためている。剣木が沙羅をみると、後輩は小さくうなずいた。他の店に行くよう伝えたのに、気になって喫茶店の前ですべてをきいていたのかもしれない。

霧雨にぬれて、美しい髪が、すこし濡れそぼっていた。服が濡れるのにも構わず、泣きながら養父母の告白を聞いていたと思うと、哀れだった。

「わ、私、本当は……」

「優菜ちゃん。それ以上は言わなくていい。……言っては、だめだ」

靖男が、そう言って首をふる。由紀も、優菜にむかってうなずいた。

「でも、でも。私は……」

「私たちはこれから刑務所に行く。……いいんだ。老い先短い身だしな。でも優菜ちゃんは、こちらの世界で生きなさい。一度や二度、つまづいたからといって、その人生すべてがダメになるわけがないじゃないか」

優菜は、ビクリと反応した。

由紀も、そんな娘の手を、きゅっと握る。

「幸せになってね。……私たちには、そんな風に祈る資格は、ないだろうけれど」

「そんな……！」

優菜の涙は、もはや止めようもなかった。

剣木は、顎を撫でる。沙羅がそれをみて、小さな声で囁いた。

「……なにか疑問でも？」

「推理の方じゃない。他人を殺しても、娘には幸せになってほしい。その矛盾は、なぜ生まれるのだろうかと思ってな」

「それが、人間です」

「分からん」

「分からないままで、いいんですよ。でも、人間はそういうものなんです」

剣木は納得できなかった。だが、「分からないままでいい」と言われて、それ以上、追求するほど、人間の心に興味があるわけでもない。

「まあ、いい。会話の相手を任せてしまって悪かったな」

「先輩が率先してやる方が怖いんで。逆上させるか、傷つけるかになるでしょう」

「……一応、これでも敏腕刑事なんだがな」

「犯人が自白するときは、犬居さんが担当を変わったと聞きましたが？」

「どこからそんな情報を」

「捜査一課の常識ですよ」

そんなものが知れ渡っているのか、と剣木は不愉快さを感じる。捜査一課も、人間だ。噂話が好きなのは構わないが、自分のことに関して話されるのは楽しい気持ちではない。

気持ちを取り直すように、「さあて」と剣木は、犯人夫妻とその娘に告げた。

「そろそろ行きましょう。雨脚が強くなる前に、署に着きたい」

「ええ……そうね」

「優菜ちゃん。……元気で」

そう言って、靖男は空を見上げた。雨雲が厚くかかっている。

月も見えないほどの天空に、靖男と由紀は、悲しそうな顔をした。

「……二人の結婚式を見られなかったことだけが、残念だよ」

「そうねえ」

「天井も壁も床も真っ白の式場でね。優菜ちゃんがウェディング・ドレスで歩く姿は、さぞ綺麗だったろうなあ」

「ほんとにねえ」

靖男と由紀の言葉に、「……え?」と剣木が声を上げた。

優菜も、不可思議そうな顔をして、養父母を見る。

「失礼。今、何と言いました?」

「優菜ちゃんがウェディング・ドレスで歩く姿を見たかったと……」

「その前です」

「……何か問題でも？」

「天井も壁も、床も真っ白の式場、と言いましたね？」

靖男が息をのむ。ハッとしたような由紀が、言葉を添えた。その腕は、前よりも強く靖男を掴んでいる。藁にすがる溺れそうな人のように。

「お父さん、最近目が悪いから。細かいものは見れなくてなってってね」

「あ、ああ。そうだ」

「あの式場には、天井いっぱいに風船がありました。それも、色とりどりの。そうですね、優菜さん」

「ええ……。ただ真っ白なだけじゃつまらない。カラフルな結婚式にしようって。お父さんたちには、まだ見せてなかったけれど……」

「あの色と形は、いくら目が悪くても見える。それなのに、天井も真っ白？」

剣木の言葉に、靖男と由紀が笑う。何かをごまかすような顔だった。

沙羅も、不審そうな顔で、新婦の養父母を見つめた。

「ちょっと言い間違えたんだよ。なあ、由紀」

「そうよ。ほら、刑事さん。早く車に……」

せっつくような二人に、剣木は顎をなでる。それから、何かを思いついたように、自分の手をみた。ナイフを掴むような手の形をして、こう言った。

「そうですよね。カッターで人を殺すくらいだ。小さなことは、見えないかもしれない」

「そう。そうですよ。私たちも、急なことだったから」

「工場ですから、カッターなんていくらでもありますし。たまたま鞄に入っていて……。そうだ、指紋も出てくるはずですよ。ねえ」

二人は、そう言って媚びるような顔で剣木を見る。

雨にぬれた新婦は、混乱したような顔をしていた。その養父母も、美しい縫製の服が、濡れそぼっていく。

剣木は、ふう、と息を吐いた。

「推理というのは、一度ではうまくいかない。何度も推理を繰り返して、何回かは失敗もして、ようやく真実にたどり着く……。俺はまだ、推理の途上らしい。あなた方は、犯人ではない」

そう言って、剣木は三人を見た。新婦をかばうように立っている養父母を。

「天井は風船でカラフルだった。被害者が殺されたのは、カッターではなく、ナイフ。秋元靖男さん。由紀さん。虚偽の自白をしましたね？」

「そんな。違いますよ」

「ただ、ちょっと間違えただけで……」

「凶器を間違えることは、ほとんどない。百歩ゆずってあったとしても、相当の錯乱状態にあったといえる。だが、お二人の犯行状況は冷静だ。まるで最初からそう決めていたかのように。……新幹線のなかで、打ち合わせでもしましたか」

靖男と由紀は、困惑したように顔を見合わせていた。

これはプランにはない、とでも言いたげな表情だった。

「お父さんたちが、犯人、じゃない……？」

優菜も、混乱した顔で呟く。

その声を聞いた瞬間、靖男と由紀は息を吹き返したように話し始めた。

「違う！　私たちが犯人だよ」

「そうよ。優菜は何も悪くないの！」

「え……？」

夫妻の言葉に、優菜が思わず声を出す。

「優菜ちゃんは何もやってないんだ。全部私たちが計画したんだ」

「そうよ。優菜ちゃんは控室にいたの。何もしてないのよ！」

「ちょっと、待って！　私、亮一君のお父さん、殺してない！」

秋元夫妻の言葉に、思わず優菜が声を荒げる。

「え……？」

「そんなこと、するはずないじゃない！　どうして自分の結婚式を、自分で壊すのよ！」

「だって、控室で優菜ちゃんは、何かに怯えていたから。法明に襲われたとか、喧嘩したとかで、つい殺してしまったのかと……」

「その時は自首します！　私じゃないよ。ドレスでさえ高いのに、結婚式なんて数百万もかかるものを壊すわけがないでしょう！」

沙羅が、こっそりと剣木のそばに寄った。剣木も、頭を軽く押さえていた。

もちろん、優菜の気持ちもわかる。だが――。

「……現実的な優菜さんが出てきましたね」

「真剣な推理のあとにお金の話を出されると、一気に現実に引き戻された気分になるね……」

剣木はそう言って、一歩、三人に近づいた。

「つまり、ご両親は、優菜さんが殺したと思っていた。だから、優菜さんをかばうために、虚偽の自白をした、と?」

「だ、だって……。そう思うじゃないですか。新幹線まで追いかけてくるなんて」

「あれは、法明さんと知り合いだったことを隠していたのは、なぜかと聞きに行ったんですよ」

「それは……」

口ごもった靖男の隣で、由紀が俯きながら告げた。

「この人、もう社会学者の真似事はやめるって言ってたの。今回の結婚式でよくわかった。社会学者なんて何の役にも立たない。世界を変えるなんて言ってるけれど、誰かの恨みを買って殺されるなんてごめんだって」

「なるほど……」

「うちは、工場もあるでしょう。働く人たちのことも守らなきゃ。殺されるわけにはいかないからって」

困ったように優菜をみる靖男の顔には、工場長としての威厳があった。

社会学者は、金にならないと法明は言った。その通りだろう。そんなライフワークを持つより、宇宙開発に必要な道具を作っていた方がいいと思うのは、道理だった。

「言わないで済めば、それに越したことはないと思ってたよ。俺と法明の間に、妙なつながりがあると思われても構わないし。でも、聞かれれば、答えるつもりだった。本当なんだよ」

「……初めから言ってくれれば、こんな騒動にはならなかったんですがね」

「それは、すまないと思っているが」

頭を垂れる靖男に、剣木は空を見上げた。曇天は、わずかに晴れ始めている。一時的なものだったのだろう。このあとは、晴れるのかもしれない。


「犯人でないなら、俺としてはもう興味はない。愛知なり大阪なりに帰っていただいてよろしい」

「ちょっと、先輩！」

「また警察の誰かが行くかもしれませんが、それはまた別の話だ。沙羅君が聞き込みをしたことは、黙っていてほしいがね」

「先輩が事情を聞いたことも、です。それが知られると、ちょっと厄介なことになりそうなので」

「あ、ああ。分かった。約束するよ」

靖男の言葉に、由紀もうなずく。

「優菜ちゃんも、いいね？　刑事さんの頼みだ」

「う、うん……」

娘のために、すべてを隠して刑務所に行こうとした二人なら、信頼できるだろうと剣木は思った。

車に戻ろうと踵をかえす。家に帰ったら風呂に入ろう――そう思ったが、ふと立ち止まった。

「わっ」と、沙羅が背中に激突する声がする。

それには構わず、鼻をおさえる沙羅の横で、首を傾げた。

「でも……分からないことがある」

「なんですか」

「どうして、今更、守ろうとしたんですか。大学は支援しなかったのに、罪はかぶって刑務所にいくなんて、おかしいじゃないですか」

靖男と由紀の顔が、また曇った。

沙羅が、「ちょっと……」という顔で剣木を見る。足をふむ気力はなかった。あまりの鼻の痛みに。

「お金は大事だけど、自身の立場は大事じゃない？　でも、工場のことは心配している。おかしいでしょう、そんなの」

二人は答えなかった。だからこそ、剣木は聞いた。

そこに、核心がある気がしたのだ。この事件には関係ないとしても、二人が隠していることの一番大事なところが。

「……私は、人が死ぬのを見たことがあります」

「え……？」

由紀は、優菜を見ながら、言葉を継いだ。優菜も、ハッとしたような顔になる。思い当たるところがあるようで、自分の腕を、ぎゅっと握りしめていた。

二人にとって、つらい思い出らしかった。

「この子、優菜が我が家にきたとき。お風呂に入れたんです。疲れているでしょう、ゆっくりしなさい、と」

「それは、当たり前のことでは？」

「ええ……。でもお風呂から上がった時、このひとが、夫が、脱衣所にいたんです。髪をとかしながら……」

剣木は、靖男を見つめる。靖男は、気まずそうに、いや、罪を背負った人間の顔をして、目をつむっていた。

すべての罪悪が世間に明るみに出されてしまうことをおそれる、死刑囚のように。

「裸のこの子を、夫はじっくりと見ました。つま先から、頭まで……」

「それは……」

「ええ。……私は何が起きたか分からず、言葉もありませんでした。ふと優菜をみると――。中学三年なら、その視線が何を意味するかは理解できます。目が段々と昏くなり、この世の中に絶望し、心を殺したのが、分かりました」

「それが、人が死ぬ瞬間、だと」

「はい……。なのに私は、夫を追い出すだけで、優菜を慰めはしなかった。……夫を取られるかもしれない、と憎かったんです」

由紀が、ぎゅっと腕をにぎる。優菜と、優菜を守らなかったもののどちらもが、それぞれの腕を握っている姿は妙だった。

だが、それこそが、二人の家族としての痛みを物語っているようにも思えた。

「そのあとも、何度か、優菜がお風呂に入ると、夫はそれを見に行くんです。なのに、止めなかった。むしろ、冷たくした……」

「お母さん、もういいよ……」

「これが私の罪です。一度、この子が、深刻そうな顔で『お母さん。話があるの』と言ったことがあるんです。でも、私は聞かなかった。聞いてしまうのが怖かった。知らないままでいたかったんです……」

由紀は、深々と頭を下げる。

剣木と沙羅は、困惑したようにそれを見ているしかなかった。自分自身の手をみつめる由紀は、過去を思い出すたびに、顔をゆがめていた。

「……子供ができない人生で、よかった。こんな人間に、親になる資格はないんです。この子を守ることすら、できなかったんですから……」

優菜が、由紀の傍に寄る。由紀が強くつかんだ手を離そうとするが、その手は、由紀自身を戒めたまま、びくともしなかった。

「でも、誰も私を裁いてくれない。今回の事件があって、優菜がやったのかもしれないと思って、私は嬉しかったんです。こんな私を裁いてくれる人がいる。しかも、私が捕まることが、優菜のためになる……。今更であっても、優菜のためなら死刑になってもいい。この子のためなら命も惜しくない。そう思えたんです」

「……私も、同じです」

と言ったのは、靖男だった。

「優菜ちゃんが、東京の大学に行ったのは、私たちの責任だ。私たちの家から逃げたかったんでしょう。私たちの家の近くで就職なんてしたくなかったんだ。捕まることが、罪滅ぼしになるかどうかは分からない。でも、今更だとしても、何かできないかと思って……」

「お父さん……」

「私には、そんな風に呼ばれる資格はないよ」

養父母と、その娘は、互いに俯いていた。雨脚が強くなり、三人の髪や服を濡らす。

剣木と沙羅は、店のひさしにいた。沙羅が、慌てて店の前にあった傘をとり、三人の頭上を覆う。

「優菜は、十二時半から十三時頃まで控室にいなかったの。十三時をすぎてからようやく帰ってきて。その後に事件があったと知って、きっとやったんだろうって。だから、『あなたは、私たちとずっといた。そう証言しなさい』って」

「そして優菜さんも、何が起きているか分からず、それを承諾してしまった、と」

困惑したように、新婦——になるはずだった女性もうなずく。沙羅が、雨から傘で守りながら聞いた。

「実際には、優菜さんはどこにいらっしゃったんですか」

「お手洗いに……。ウェディング・ドレスは動きづらいし。式の間に行くわけにもいかないから、早めに行っておこうって」

剣木が、二人の旅行カートを持って、傘の下に置く。沙羅もそれを見て、持っていた傘を靖男に手渡した。

靖男は恐る恐る受け取ってから、優菜のほうに、それを傾ける。

「演技達者な方だ。法明さんに対する恨み言は、本当のことのように思えたんですがね」

「いや、あれは真実だ」

剣木の言葉に、靖男がすぐに答える。

傘の柄を、強く握りしめるのが分かった。さきほどは、膝を掴んでいたような強さで。優菜が、心配して、傘を靖男のほうに傾きかえす。それでも、風がふいて傘がとび、雨は靖男を濡らしつづけた。

「法明が憎かった。死んだと聞いたとき、ホッとしたんだ。これ以上、誰かを憎まずに済むって……」

「お父さん、もうやめよう」

「いいや。私は罪をおかした。法明が死んだと喜び、……過去には……優菜ちゃんを虐待していた」

優菜が息をのむ。その時のことを思い出したのか、一歩、靖男から身を引いた。由紀が、そんな優菜の手を、ぎゅっと握る。

母親のように優しい手で、でも、わずかに灰色の感情を身のうちに隠して。

「わ、私は、もう気にしていないから」

そう言った優菜に、靖男は首を振った。

「優菜ちゃんは、私を許しちゃいけないんだよ。私が君を、性的にみていたのは確かだ。こんなに年が離れて、血のつながりもあった義理の娘を、私はそういう対象としてみた。最後の一線を超えなかったとはいえ、私は妄想の中で何度も……。そういう人間を、許しちゃいけないんだ」

「でも……」

「頼むよ。許される方が、私には辛いんだから」

優菜は俯いた。その目からこぼれるのが涙なのか雨なのか、もはや分からなかった。

だが、剣木のほうにも思うところはある。それを口に出そうと思った瞬間、靖男が、かわりに言った。

「でも、もし、もしもだよ。もし、君がいいというなら……やり直すチャンスが欲しい。結婚生活って言うのは何が起きるか分からない。もし、君が逃げたくなったら……我が家に帰ってきてほしい。

君の部屋は、そのままにしてあるから」

剣木は安堵して、息を吐く。靖男と同じことを懸念したのだ。もし亮一との間になにかがあった時に、帰る場所がないのは辛い。お互いに突き放すだけで、優菜は救われるのだろうか、と。

優菜は、雨のなか養父母に抱き着いた。

「ずっと、ありがとうって言いたかった。本当は愛しているって言いたかった。今日の結婚式で、手紙を読めるはずだったのに言えなくて、ずっと、それが引っかかっていて……」

泣きながら告げる優菜に、靖男は泣き笑いする。

「なんだ。さっき言おうとしたのはそれか？『私、本当は……』なんていうから、罪を告白するんだと思ったから……そんなことを」

「そんなこと、じゃない。私にとっては大事なことだったの。風邪のときリンゴを剥いてくれたのも、土日に遊びに連れて行ってくれたのも、全部全部、覚えているから……！」

そう言って、優菜は強く両親を抱きしめる。

靖男の方は、まだ過去のことがあるのだろう。すこし戸惑っていたが、やがて、しっかりと優菜の背中に手をまわした。泣いている赤子をなだめる、親のように。

「……行きましょう。先輩」

沙羅が、そう告げる。剣木もうなずいた。

「そうだな。これ以上ここにいても、推理は進展しないし。……なにより、俺たちがいたら邪魔だろう」

「意外。そのあたりが分かるなんて」

「君に足を踏まれるのはごめんだからな。多少は俺も学習する」

そう言って、二人は背中を向けた。

雨のなか抱きしめ合う養父母と娘には、いまはもう傘はいらないだろう。それ以上に、暖かいものがあるのだから。

「残念ながら俺は、貴方方の仲を取り直す役目しか終えなかったみたいだ。刑事としても、二流だな」

「いえ……先輩は人間として、一流になったと思いますよ」

珍しく優しい声で、沙羅がいう。

思わず振り返ると、沙羅は慌てて、その顔に厳しさを取り戻した。そこは、甘やかしてくれてもいいのに、と剣木は思う。

「ま、今だけかもしれませんがね」

「そうだな……。車で送っていくよ。バディに風邪をひかれたら、明日からの業務が滞るからな」

「素直に心配だとは言えないんですか……。と思いましたが、実際、業務のことしか考えていなさそうですね。先輩は」

「当たり前だ」

そういう二人の前には、月が現れていた。

雨雲はもうすぐ、晴れるらしい。事件は何も解決していないというのに、まったく、空は警察とは関係なく動いていく。それもまた風情か、と剣木は思って、運転席に乗り込んだ。

第三章　其は傷成りて治を要す

剣木が目を覚ましたのは、夜七時になる頃だった。

十五階建てのマンションの最上階にある部屋からは、近隣の夜景がわずかに見える。東京すべてが見えるわけではないが、「美しい夜景」の範疇には入るだろう。デザイナーマンションでもあったが、剣木が家にこだわるわけもない。

この家を選んだのは、間接的には、剣木の父親だった。

——家を選ぶなら、景色が見渡せる場所にしろ。景色を見ることはストレス解消の効果もあり、精神的メリットが高い。

——芸術品は身近におけ。デザインにはこだわれ。人生に必要なのはパンだけではない。美しさのない人生なんて無意味だ。

——物は持ちすぎるな。どうせ死んだら灰になる。机と椅子とベッド、それから食料品だけで俺は世界を旅してきた。

その言葉すべてを、剣木が容認しているわけではない。だが、父親と暮らしていたときには、その言葉通りの物件だった。となれば、自分で選ぶときにも、同様のものになるのが道理だ。

事故物件だったおかげで、家賃も安い。剣木は本を読みながら、あごを撫でた。

傍らには、買ったばかりの本が五冊、積まれている。

『社会学は役に立たない？　棚山法明が語る社会改革の是非』

『助けてといえない子どもたち――虐待の現実に迫る――』

『「知」と「無知」の地平線　生きるために学ぶこと』

『シングルマザーの現在　離婚後の人生とは？』

『貧困と売春　若者にとっての風俗とは』

すべて、「第二の事件」の被害者、棚山法明が書いた本だった。帯には、生前の写真が掲載されている。

取材はライフワークだったと、亮一から聞かされていたし、ノンフィクション作家としての顔もあったのだろうと剣木は思った。

その内の一冊を手に取ると、途中まで栞が挟んである。本屋で買ってきて、読みながら眠ってしまったのだ。


――社会学は、考古学に似ている。考古学者が、遺物からその時代の風俗を分析するように、社会学者は現代人の言葉や風習から、この時代の課題を分析するのだ。常にフィールドワークを必要とするのも似ている。違うのは、「当事者性」を必要とされる可能性があることだ。その社会課題に対しての、真摯な気持ちを要求されることがあり――

そこまで読んで、剣木は額を本にうずめた。

「……腹が減ったな」

朝食は珈琲一杯だった。そして昼食は、焼き肉屋で食べ損ねた。雨にも打たれたし、気力も限界だったからこそ、読書中に眠ってしまったのだろう。仮眠をとったおかげで回復はしているが、そろそろ食事をとらないと身が持たない。

起き上がって、キッチンへと向かう。一人暮らしには分不相応なほど立派なキッチンだったが、自炊する剣木にとっては、貴重な資産の一つでもある。別段、料理に興味があるわけではない。ただ、調理中は無我の境地に至れる。手を動かせば、成功品ができあがるのだ。

捜査は常に一筋縄ではいかないし、人生は難しい――剣木にとっては特に。そのなかで、材料さえそろえれば完成品ができあがる自炊というのは、一種の精神安定剤として機能していた。冷蔵庫に保管されていた、半額のシールが張られた野菜とパスタを取る。

手早くパスタを茹で、もう一つのフライパンでベーコンと春野菜を炒めた。大蒜と紫蘇を刻み、トマト缶を投入して煮込む。数本のパスタを味見してアルデンテになっていれば、混ぜ合わせて皿に盛るだけだ。トングで形をととのえて、最後に野菜を散らす。

剣木が最近、一番得意な春野菜のトマトパスタだった。

手早く食べて、推理をつづけようと思った。新郎、新郎母、新婦、新婦養父母の疑いが晴れた今、気になるのは他の列席者だ。新郎側の親族は残り八人、友人関係が剣木と沙羅と元恋人を除いて六人。新婦側は友人が四人に、養父母以外の親族が五人。この二十三人と、式場のスタッフたちが目下の候補だ。

さて、どこから手を付けようかと、思った瞬間だった。

剣木家のインターホンが鳴った。

「……いいところに！」

目の前のパスタは、手つかずで湯気を立てている。美味しいものは美味しいうちに食べるのが、剣木の流儀だ。それを邪魔する者は、みな悉く、檻のなかに入れてもいいとまで思っている。

一度は無視してフォークを手に取ったが、何度も鳴るチャイムに、ついに根負けした。

「はい、どなた！」

そう言って思い切り扉を開ける。刑事としては、インターホンで確認した方がよいが、そんなパスタが伸びるようなことを、空腹の剣木が受けいれられるはずもなかった。

幸運なことに、扉の前にいたのは、剣木に反感を持っている人間ではなかった。

不運なことには、扉の前にいたのは、剣木のもっとも来てほしくない相手だったことだ。

「よう。元気にしてたか？」

そう言ったのは、剣木敬——剣木善治の遺伝学上、そして実質上、さらには精神上にも父親にあたる人間だった——人には、あまり知られたくないことだが。

「あんた、なんでここに」

「父親に向かって『あんた』とは、おめえさんも成長したもんだな。昔の俺にそっくりだ」

「今日からは父上とお呼びいたします」

「そんなに俺が嫌いか？　上等だ。俺もてめえは好かねえ。俺の息子にしちゃ、堅苦しすぎるんだよ。もっと楽に生きろ、楽に」

「というか、靴！　今すぐ脱げ！　ここは日本だ！　そして俺の部屋だ！」

「へっ。いい部屋に住んでんじゃねえか。飯は安く、家にはこだわれって言ったの覚えてるんだな」

そう言って、敬は玄関に靴を放り投げる。剣木は、それを悟っていたかのように避ける。玄関に、泥のついた使い古した靴が二つ、転がった。

飛行場特有のにおいがしたが、荷物は鞄ひとつだ。日焼けした肌には、無駄のない筋肉がついている。背は日本人にしては高く、顔には笑い皺が刻まれていた。

よく見れば、剣木とは顔立ちこそ似ているが、まとう雰囲気は正反対だった。言われなければ、親子とは気づかないだろう。

「別に覚えているわけじゃない。ただ、あんたの暮らしがそうだった。居住空間が同じだったもの同士が、その習慣を引き継ぐのは生物の学習の法則に適っている。それだけの話だ」

「相変わらず、七面倒くせえ言い方しかしねえなあ。お前は」

「それで、何をしに来たんだ、あんたは」

「別になんでもねえさ。アゼルバイジャンから帰ってきてよ、そういや俺様の息子君はどうしてるかなっと気になっただけさ」

そう言って、敬は枕元の本を興味もなさそうにめくった。五冊の本の目次をみては閉じ、また開いては閉じる。

「いいベッドだ。ホテル暮らしが長くなると、家ってのはありがたくなるな」

「どうせ二日もすれば飽きて、旅暮らしに戻るだろう、あんたは。そういう習性なんだ。あきらめろ……。おい！　どこにいく！」

いるんだぞ」

「洗面所にも女っけはなしか。おい、孫はいつみられるんだ、おれは。それなりに楽しみにして

「血族を増やしたいならば、あんた自身が婚約相手を見つけろ。保護責任を持ちたい児童が欲しいならば、養子縁組をお勧めする。俺に期待しても可能性はないことは分かっているんだろう？」

「せっかく、いい顔に産んでやったのによ」

敬は洗面所と風呂場をのぞいてから、リビングへと戻っていく。方々を荒らしてまわる敬の後片付けが終わって、ようやく同じくリビングに向かって、剣木は絶叫した。

「なんで俺のパスタを食べているんだ、お前は！」

「ん？」

そこには、剣木の一日ぶりの食事を咀嚼している父親――という名前の剣木にとっては侵略者――がいたのだ。

「ああ、これ美味いぞ。腕を上げたたな。さすが俺が仕込んだだけある」

「仕込まれてもいない！　方々の旅先で、宿の主に教わっただけだ！　俺は朝も昼も食べてないんだ。ようやくの夕飯だったんだぞ！」

「刑事の癖に、食事を抜いてんじゃねえよ。頭が働かねえぞ」

「知った風な口を利くな」

「実際、知ってるんだよ。こう見えて警察には何度か厄介になってるからな。お前が迷子になったり、お前が誘拐されたり、お前が殺されかけたりしたおかげで」

「全部覚えてるさ！　ああ……せっかく作ったのに」

剣木は、目の前で消えていくパスタを見ながら、脱力してソファに身を預けた。

この父親は、昔からそうだ。他人のことなんて気にせず、あくまでマイペースに生きている。

剣木は舌打ちしそうになった。

「俺だって、お前をせっかく作ったんだ。なのに親孝行の一つもしやがらねえ」

「親が子どもを養育するのは社会的義務の一つだ。だがその子どもが親を守るように強要しては、次世代が産まれないぞ」

「じゃあ、他人としてはどうだ？　誘拐されたり殺されかけたりしたのから、救ってやった恩があるだろ？」

「そもそも、あんたが宿に子供を放置していかなければ、俺が攫われることもなかったがな。殺されかけたのも、あんたがゴロツキと喧嘩したせいだろうが」

「ちぇ。覚えてやがるのか」

「当たり前だ！　そのせいで、どんな状況でも【ＩＦ】――もしもを考えるようになった。もしもあの優しそうな老婆が殺人犯だったら？　もしもこの野良猫の首輪に意味があったら？　まったく、面倒な人生だ！」

「おかげで刑事をやれてるんだろう？　よかったじゃねえか」

敬は、粉チーズを盛大にパスタに振りかける。剣木は顔をしかめた。

丁度良い塩味にしたはずなのに、変えられるのは腹がたつ。だが、食べられずに捨てられるよりはよほど良い。目をそらして、見ないようにすることで精神安定を保つことにした。

この父親と過ごすには、それくらいの芸当は必須事項であり、必要条件であり、生存可能性を高めるための重要な手段のひとつだった。

「……そんなんだから、母さんにも逃げられるんだ」

「父親は『あんた』だが、母親は『母さん』呼びか」

「顔も覚えていないからだよ。嫌悪するほど情もないだけさ」

「離婚したのは、お前が三つの時だったか」

そう言って、敬は足首をぐるぐると回す。何かを思い出すような顔だが、その実、何も考えていないだろうと剣木は推測した。

この父親が考えているのは、次にどこに旅をして、どんな新しい景色を見るか。それだけだ。それ以外のことは、金も、名誉も、地位もすべて二の次だった。美しい海や山を見るたびに、子どものように顔を輝かせる。

一方で、現実的なところに引き戻されそうになると、赤子のように駄々をこねる。

「まったく、あんたほど扱いづらい人間はそうそういないな。どうしてこんなのが俺の父親なのか」

「そっくりそのまま、お前に返すぜ。お前の周りは、お前ほど面倒な人間はいないと思ってるだろうな」

「そんなわけは……」

と言いかけて、沙羅や犬居の顔がうかんだ。元はつるやかだった二人の眉間に皺が刻まれているのが、自分のせいではないと言えるほど、剣木は傲慢ではなかった。

黙ってしまった息子をみて、敬が、おかしそうに笑う。

「なんだ、悩むほどには大人になったのか。うん、恋か？　恋なのか？」

「恋愛などという精神的錯乱の一種に、私と後輩の関係を落とし込むな。適齢期の男女がいればすぐに色恋沙汰を想起するのは、発情期のサルと同じだぞ」

粉チーズを手に取りながら、敬は肩をすくめた。これ以上、何をいっても無駄だと思ったのだろう。パスタに振りかけて――いや、粉チーズが主体になるほど大量に持ってから、口に運ぶ。

「で、犯人の目星はついたのか？　まさか、花婿じゃないだろうな？」

「何の話だ？」

「お前の捜査だよ。今日、結婚式だったんだろう？」

この父親は、妙に鋭い時がある。剣木が顔をしかめると、敬は気にしてないように言葉をつづける。

「クローゼットにかかった礼服。明日返却するとお前のスマホのカレンダーには書かれている」

「覗いたのか」

「昔から、パスワードを考えるのはお手のものでな。髪には整髪剤の匂い。わずかに血の匂いもする。玄関口には、男の名前から来ている結婚式の招待状も置かれている。となると、新郎のほうがお前の関係者だろ」

剣木は、額を撫でた。この父親の推理力には、昔から一目置いている。旅先で起きた事件も、いくつかを解決してきたのが敬だ。だが、今日一日のあらゆることを思い出すと、手放しで敬のことを尊敬できるほど余裕はない。

殺されたのは、新郎――剣木の友人――の父親なのだから。

「新郎とその母親、新婦とその養父母ではなさそうだ。他の列席者からあたっていくつもりだが――」

「まあ、あの社会学者なら、他人からの恨みを買っても不思議はねえな」

「あの？　知っているのか？」

「さっき本を読んだ。大学出で、大学で研究をつづけているのに、研究テーマは貧困、売春。恵まれたものが、そうでないものを擁護し研究するってのはな。どこで恨みを買うか分かったもんじゃねえからな」

本を開いていたのは、わずか数秒に過ぎない。昔から速読が得意な男ではあったし、本の目次だけでも大体のことは把握できるだろう。

だが、この男が刑事でも探偵でもなく、ただのバックパッカーをしていることが、剣木には不可解でもあった。

「だが、社会学の仕事関係者は式場には来ていない。他に列席しているのは、それぞれの親族、友人くらいだ」

「凶器は？」

「致命傷は、ナイフで心臓を刺したものと思われる。それ以外に、腹や首にも切り傷はあったがな」

「争った形跡はないのか」

「ある。おかげで披露宴会場は、台風の通り道さ」

「じゃ、怨恨じゃねえのか？」

「その線で捜査をしているさ。外部から誰かが潜りこんでいないかも含めてな」

ふうむ、と敬は顎に手を当てた。

剣木も考え込むように顎を触ろうとして、慌てて手を下す。癖がうつっていることを、この父親には知られたくなかった。

　敬はしばらく考え込んでから、何かに気づいたように顔を上げた。それからまた、パスタに向かう。

「……泣くなよ、善治」

「なんだと？」

「すべての事件には、犯人がいる。どんな犯人にも、事情がある。だが、その事情に同情しちゃあ、被害者が浮かばれねえ」

「そんなことくらい、知っている」

「ならいいさ。あ、俺、今夜は、この家にいるからよ。おめえはホテルに行くなり、彼女か彼氏か知り合いの家にでも泊めてもらえ」

「はあ!?」

「よろしく頼むな」

「いや、ちょっと待てよ！」

抗議しようとした剣木だが、そのまま家を追い出された。

「おい！」と扉に怒鳴ると、「ああ、忘れていた」と、靴と財布と警察手帳だけが放り出される。

呆然とした。この父親、何も変わっていない。旅暮らしの時も、女を家に連れ込むときには、同じように幼い剣木を放り出したものだ。恨んではいないと言ったが、呆れてはいる。

　こんな時には、何を言っても無駄だ。

剣木は頭を抱えたが、扉は二度と開かなかった。

＊＊＊

同時刻、沙羅は自室で鬱屈としていた。

広尾の一等地に居を構えている鶴本家だが、一人娘の部屋は六畳と、普通の子ども部屋と変わらない。警視正の父親いわく、子ども時代から優遇しすぎれば堕落する。一般の子どもと同等の立場におかなければ、育てる意味はない。とのことだった。

広尾に暮らしているという時点で「同等」の範囲からは外れているが、それでも、父親の教育方針には、沙羅は感謝していた。身を持ち崩した富裕層のドラ息子も見たことがある。そうならなかったのは、厳しい教育のおかげだったかもしれない。

だが――。

「沙羅、そろそろご飯よ」

家庭内のそれぞれの部屋に設置された無線が、そう告げる。

沙羅は白いベッドから起き上がって、ため息をつく。母も、元敏腕刑事だった。凛とした姿が、署内のあこがれの的だったという。

それほどの女性が、今は家庭内でパートと主婦業を両立するだけの日々だ。

自分もそうなるのだろうかと思うと、憂鬱にならないわけがなかった。

「配属されて一週間か。どうだ、捜査は」

霜降りのステーキとマッシュポテト、焼いたトウモロコシやブロッコリーを前に、父が無関心そうに聞く。

「……非常に勉強になっています」

「勉強？　職場は学校じゃないんだ。お前が役に立たなきゃ意味がないんだぞ」

「……すみません」

「教育担当は、誰なんだ」

「剣木善治という男で――」

「ああ、あのろくでなしか」

沙羅は、ステーキを食べる手を止めた。沙羅の母が、心配そうに沙羅を伺う。

だが、父親は気づかずに言葉をつづける。

「捜査の腕は認める。だが、解決できれば何をしてもいいと思っている問題児だ。感化されないように」

「……非常に実力のある人です」

「だから、そこは認めると言っただろう。一度言ったことを理解できないようでは刑事には――」

「自分の教育担当を卑下されて、怒らないような後輩も、きっと刑事は向きません」

「……」

沙羅の母親が、「またか」という顔をする。いささか沙羅に同情的ではあったが、度重なる父子喧嘩に、なすすべもない様子だった。

「沙羅。お前はなぜ、そう私に反抗する。私に逆らえば将来の栄達はない。そんなことも分からないのか」

「……私は、あなたの部下ではありません。将来のために媚びを売れと？」

「……お前は、一度も私にお願い事をしたことがない。甘えに来たこともない。それで娘だと思えるわけもない。部下だ、と思うしかないじゃないか」

「ならば、パワーハラスメントという概念を学習してください。常に一言多いことも、ご自覚なさってはいかがでしょうか」

「沙羅！」

母親の制止の声が聞こえたが、沙羅は構わず席を立った。父親と食べるステーキより、友人たちと食べる赤ちょうちんの店のほうが美味しい。最近では、剣木先輩といくのも楽しい。

食事に必要なのは食材の贅沢さではなく、ともに食べるひととの信頼関係だ、と沙羅は思う。

部屋に上がってしばらくすると、ノックする音が響いた。

「沙羅。お父さん、もう書斎に入ったから。ごはん、食べに来たら」

「……いらない」

「でも、今日大変だったんじゃないの？　ドレスもぐちゃぐちゃだったし、事件があったんでしょう？」

沙羅は、母親には一言も今日のことを言ってない。それでも勘づくのだ。現役のころは、噂にたがわぬ敏腕ぶりだったことは伺える。

沙羅は体を起こして、扉の向こうに話しかける。その扉を、開ける気には、ならなかった。

「お母さんは、悔しくないの。結婚したせいで仕事からも離れて。警察官になるの、夢だったんでしょ」

「あの人はキャリア組だから。お母さんが職場にいたら、気持ちも落ち着かないし、昇進にも差し障りあるでしょ」

「お父さんのために、夢を諦めたの？　それなら、なんのために生まれてきたの？　なんのために生きているの？　誰かのために自分のやりたいことを諦めることが、当たり前になっていいわけがないじゃない」

母親は、しばらく黙っていた。それから、「お母さんは、あなたを産めて幸せよ」と小さな声でつぶやく。言い聞かせるような言葉に、沙羅は耳をふさぎたくなった。父親と結婚しなければ、家庭を持たなければ、別の人生がこのひとにもあったのだ。

「ねえ、ご飯を食べに来なさいよ」

そう言って扉を開けようとする母に、鍵をかけておいてよかった、と沙羅は思う。

なんとかしてこの場を逃げたいと思ったとき、救世主のように電話が鳴った。

「はい、鶴本です！」

すぐに手を伸ばして出ると、電話の主は、意外な人物だった。

「……え？」

扉の向こうでは、沙羅の声に、母親が不審そうな顔をしていた。沙羅の声が、自分の身内のものから、警察という公の人物のものになるのを、ただ寂しそうに聞いていたのだった。

＊＊＊

八時に警察署に到着した沙羅は、自分の席と、その隣を見て、ため息をついた。そこには、毛布にくるまれた剣木が、額に冷えピタを張った状態で、温度計を口にくわえていたからだ。

犬居が、そばで「まったく」という顔をして立っている。その顔が保護者然としていて、沙羅は二重に頭が痛くなった。

「……何してるんですか。先輩」

「見ての通りだ」

「それで分からないから聞いているんです」

容量を得ない剣木の回答に、業を煮やした犬居が口を添える。

「親父さんが家に来て、追い出されたらしくてな。雨に打たれたあとシャワーも浴びていなかったらしい。冷えて風邪をひきそうになってるから保護用毛布でくるんで、念のための風邪薬を飲ませたってわけだ」

「犬居さん、お母さんみたいですね」

「せめて、お父さんにしてくれ。あと、こんな面倒な息子は持ちたくない」

剣木は口にくわえていた温度計を取り出すと、その表示を見る。

犬居も覗き込んだが、剣木はさっさと毛布をとって、立ち上がってしまった。

「三十五度二分。まあ、平熱だな」

「いや、先輩。低すぎませんか」

「だが、生きている。問題はない」

「心の冷徹さが、体にまで影響を……？」

「沙羅君、聞こえているからね？」

剣木と沙羅のやり取りに、犬居もさすがに保育園の先生のような気分になる。新卒一週間の沙羅と、高卒から今まで十年以上働きつづけていた剣木が対等に渡り合っているあたりにも、この二人の相性のよさは伺える。

が、その会話を聞いていると頭が痛くなることに関しては、もはや生理現象のごとく、制御しがたいものとなっていた。

「それで、私を呼んだのは？」

「剣木から説明はなかったのか？」

「電話で、『今すぐ来てくれ。署で集合だ』と言われただけです」

犬居の問いに、正直に答える。剣木の評判を落とさないように濁そうとも思ったが、犬居に限っていえば、この程度の言葉で剣木の評価を変えることはないだろう。

「それで来る沙羅君も、大概だがな」

「おかげさまで、剣木先輩には慣れてきましたので」

「それがいいのか悪いかは知らんが……。おい、剣木！　どこに行く！」

「もうその少女たちは来ているんだろう？　俺たちを待っているはずだ」

「少女たち？　俺たち？」

さっさと捜査一課を出て行く剣木を追いかけながら、犬居が沙羅に事情を説明する。沙羅も、犬居の大きな歩幅に合わせて、走るように歩いた。

体の大きな犬居の隣を歩くと、自分が小人になったような気さえする。

「警察が、アダルトビデオの被害者の相談窓口を開設しているのは知っているだろう?」

「ああ。二〇一七年に、内閣がその件に関する報告書も公表していますからね。政府を挙げた取り組みを始めていると聞きましたが」

「そう。その結果、二〇二二年にはAV被害者の救済法案も衆議院を通過した。だが、現実には――」

犬居はそう言って、長い廊下の先にある部屋の扉を開ける。

そこには、若い――まだ十八歳と思われる少女が二人、不安げに座っていた。

「まだ、相談に来る女性は多い。アダルトビデオ業界にはびこる恐喝や無理な契約書は、依然として多いからな」


「……意外です。剣木先輩が、相談員の研修を受けていたなんて」

部屋に入った沙羅は、犬居の隣でこっそりとささやいた。当の剣木は、女性二人の前に座って、事前にかかれた調書に目を通している。

「腐っても帰国子女だ。海外からの目線では、日本のアダルトビデオ業界は異様だろう? その視点を重用されて、相談員に抜擢されたという感じだな」

「でも、他にも相談を受けられる人もいますよね。剣木先輩も私も、一応……もう言っても無駄ですが、一応、今日、休日なんですが」

「ほかの相談員に任せたこともあったんだが。『でも、気持ちよかったんじゃないの?』とか『興味があったからやってみたんでしょ』とか言ってしまってな」

「……セカンドレイプですね」

「剣木は、馬鹿でクズでどうしようもない男だが、その辺の意識はしっかりしているからな。休日ではあるが任せたというわけだ」

「犬居、聞こえているからな?」

剣木が、元教育担当に抗議する。

だが、沙羅も犬居の意見には反対しかねる立場ではあった。聞かなかったことにはしておくが、訂正はしない辺りに、沙羅の葛藤がうかがえる。

「ほら、沙羅君。座ってくれ。そこの大男と俺だけでは、話しにくい。女性の——性別だけですべてを決めるのも問題があるが——女性の君が一緒にいてくれるだけで、安心材料になるからな」

「じゃあ……。犬居さん、そういうことで」

「おう。あとは二人で頼むな」

そう言って、犬居は資料を渡して去っていった。そこには研修資料があり、沙羅は、この場にいるべきは研修を受けている人物であり、自分ではないことに気づく。

剣木の隣に座りながら、少女たちには聞こえないように話す。

「あの、私この研修受けてませんけど。同席して平気ですか」

「問題ない。基本的に会話は俺がする。君は、緩衝材だ」

「だったら、他の人でも……」

「俺と会話が通じる人間が、他にいると思うか?」

沙羅は、納得した。二十二年生きてきて、これほど心の底から得心したことはない、というほど理解した。今なら、剣木の言うことをすべて信じてしまいそうなほど、それは説得力のある言葉であった。

「……なるほど」

「まあ、そういうわけだ。お二人には、これから辛い記憶を話して頂くことになると思うが……」

そういって、剣木は少女二人に向き直る。

だが、少女たちは、ビクリと震えた。体は硬直し、逃げ出すことも叫びだすこともできない緊張した面持ちになる。

それをを見て、剣木は身を引いた。椅子も遠ざけ、距離を取る。それが研修で言われたことなのか、剣木の配慮なのかは分からないが、適切なことだと考えた。

代わりに、沙羅が、二人の前に両掌を見せながら身を寄せた。相手に敵意がないというボディランゲージで、沙羅はそれを大学のころの傾聴ボランティアで学んだのだった。

「途中で辛くなったら、いつでも私に言ってください。いったん休憩を取りますし、お水などもすぐにご用意いたしますから」

「はい……」

沙羅のフォローに、少女の一人が初めて声を出す。沙羅は緩衝材だ、と剣木は言ったが、すでに役割は変わっていた。

状況に応じて、何も言わなくても適切に対応できる沙羅は、今後も出世するだろうな、と剣木は他人事のように思う。

「では、お話しいただいても？」

先ほど声を出した少女が、頷いた。沙羅は記録をつけながら、二人の言葉を、鮮明に記憶にも刻んでいった。

「私たち、高校の同級生で。三月までは一緒のクラスで勉強してたんです。でも、高校を卒業後、私はすぐ働き始めて。でも、高卒だと給料が低くて。将来のための貯金もできないなって思ってるときに、モデルにスカウトされて」

少女のうち、リコと名乗ったほうが、そう告げる。先ほど、最初に声を発した方だ。黒髪を長く伸ばしており、知的な雰囲気がうかがえた。AVに出演させられたということだったが、内容としては「押し込みレイプもの」「野外レイプもの」「監禁拘束もの」と、ハードな内容が多い。

「そのスカウトの人がマネージャーになってくれて、芸能事務所でモデルを始めたんです。手が綺麗だっていわれて、最初は手だけのパーツモデル。最初は仕事が沢山、入ってきたんです。マネージャーさんにも褒められて……、でも」

リコが口ごもると、ホノカと名乗ったもう一人がその手を握った。

ゆっくりでいいですよ、と沙羅が告げると、リコは、大きく深呼吸してから話をつづけた。

「すこし経ったら、仕事が全部なくなって。マネージャーに、だったら事務所をやめて他のバイトをするって言ったら、それは契約不履行だって。その後、アダルトビデオなら仕事があるよって言われたんです」

「なるほど……。契約書に何と書いてあっても、事務所や仕事を辞めることは可能です。そこから、すでに嘘をつかれていたということですね」

「今、考えればそうですよね。でも、当時は、マネージャーさんはすごく親切にしてくれていたし、そんないい人が嘘をつくはずがないと思って……。私、ＡＶは絶対に嫌だって言いました。でも、『それなら君なんかに、他にどんな価値があるの？』って」

リコは俯く。当時を思い出している様子で、剣木はあごを撫でた。剣木には、一般人の感覚は分からない。だが、その言葉が、彼女を傷つけたことだけは理解できる。

だからこそ、口をはさむのはやめた。

「あの優しいマネージャーさんが、そんなこと言うなんて思わなくて。これはきっと、私が悪いんだって思っちゃって。それでＡＶに出るしかないって思っちゃって……。映像が出ても、三年経てば全部消せるんだよっていわれて。じゃあ、三年間だけ我慢すればいいんだって思ったし……」

「レイプものや監禁ものが多いようですが、これもマネージャーの指示？」

「ＡＶは嫌だって何度も言ってたから。男優さんと仲良くする系よりも、ハードな内容だったら嫌々やってるようにみえるよっていわれて……。映像の中で、私、泣いて嫌がってますけど、それ、演技じゃないです。本当に嫌だった。本当に、本当に……」

それきり、リコは言葉につまって言葉が出ては来なかった。

沙羅が、リコの手を握ると、わっと泣き出す。ホノカも、リコの背中をなでて、慰めていた。

「リコちゃん、ずっと悩んでたんです。映像取り消せないかなって。三年経ったら全部消えるって言われたけど、ネットで、無料で拡散されてたんですよ。そういうのは、なかなか、消せないでしょ？　だから、配信を中止してほしいって言ったけど、マネージャーさんは無理って言ってて」

「それで、警察に来たんですね」

「うん。ねえ、なんとかならないかな。リコちゃん、この間、自殺未遂したの。あたしが家に行ったから平気だったけど、首をつって、心臓も一回止まったんだよ。だから……」

隣にいたもう一人の少女が、すがるように沙羅を見る。

沙羅は、剣木を見つめた。沙羅には、話を聞くことはできる。だが、それ以上の情報を持ってはいない。研修も受けていないし、その業界の知識もないのだから。

剣木は、顎を触りながら、口をひらく。

「……スカウトが、アダルトビデオ会社に少女を派遣して雇用させる。これは、職業安定法違反だな」

「ほんと!?」

「ああ。芸能事務所に所属している場合は、労働者派遣事業の保護などに関する法律違反になる。どちらも、すぐに検挙できるよ。そのマネージャーも洗脳のやり口が手慣れているし、余罪もあるだろうから……」

そこまで言って、剣木はリコを見つめた。リコは、救いを求めるように剣木を見つめていた。先生に答えをもとめる生徒のような姿に、去年まで高校生だったことがうかがえて、剣木は悔しくなった。

どれだけ警察が捜査に力を入れても、犯罪は常に起こっている。悪意のある人々が、一般市民を毒牙にかける。それを止める手立ては、今のところ、ないのだ。

「……今、そのマネージャーと連絡は？」

「取っています。明日も、撮影があって……」

「ならば、連絡はいったんブロックしてくれ。ただし会話履歴は削除しないように。裁判の時の証拠になるからな」

「でも、どうして？」

「いまは、警察にいるから、俺のいうことも正しいと認識できるだろう。だが、洗脳が得意なものの傍にいれば、そちらが正しいと誤解し始める。特に、今までの積み重ねがあれば猶更だ。だから、物理的に連絡が取れないようにするのが一番なんだ」

リコは、目に涙をためて俯く。ホノカも、不安そうにリコを見ていた。

「……なんだ？」

「住所、知られているんです。保険証もコピーを取られていて、仕事先も教えないとダメって言われてたし……。もし撮影に来なかったら、仕事場に押しかけるって言われてたし……」

「それは恐喝だし、仕事場に来た場合は不法侵入に問える。何より……、ＡＶ会社が、君の昼の仕事場に電話をかけたり押しかけたりすることは、まず考えられない」

「どうしてですか？」

「彼らも、叩けば埃が出る。表の人間に迷惑をかけて検挙されれば、そこで会社も人生も終わりだ。下手な行動には出ないさ。もし出たとしたら、こちらで逮捕できるからそこも問題ない。君の映像が出回ったら、回収するよう命令することもできる」

ホッとしたような顔で、リコが小さく微笑んだ。そうしてまた、俯く。涙が一筋、二筋とこぼれていった。

剣木が沙羅をみると、沙羅も目に涙をためていた。

それは同情の涙ではなく、悔し涙だろうと思えた。

沙羅にとっては、年下の女の子が、毒牙にかかっているのだ。しかも、数週間前までは高校生だった女の子が。刑事としても、人間としても、彼女たちを喰いものにする人々の気持ちは理解できないのだろうと思えた。

「ホノカさんも、ＡＶに出演されたとのことですが、どのような経緯で？」

沙羅に変わって、剣木が聞く。

もう一人の、ホノカと調書に書かれている少女は、茶色の髪を肩のあたりまで伸ばしていた。柔らかい印象で、常に何かに怯えている様子だった。「小学生女子レイプもの」「小学生女子肛門開発もの」「中学生女子校生監禁もの」と、幼女性を強調したものが多かった。

「あたしは大学行ってるんだけど、奨学金も少ないし、理系だからバイトする時間もないし。家賃払うのもギリギリで、お財布に、本当に五十円しか入ってないときがあったの」

すこし子どもっぽい話し方と、童顔のせいだろうか。十八歳だとは言われたが、まだ中学生のようにも見えた。

見方によっては、たしかに小学生にも見えなくはない。

「そんな時にね、ガールズバーのバイトを見つけて。時給高いし、夜だけでいいし。これなら、早朝からの研究にも行けるって思って応募したんだけど……」

「行った先が、ＡＶ会社だった？」

「ううん。ガールズバーの店員さん、山本って名乗った人から、待ち合わせの五分前に連絡が来たの。『今日はバーが忙しいので、外でお茶をしましょう』って。それで喫茶店に入ったら、意外と高い店でね。山本さんが、『なんでも飲んでいいですよ』って言ったから、あたしも珈琲頼んで。美味しかったな。初めて、あんなに美味しい珈琲飲んだな」

思い出すように笑うホノカは、一部の男性だったら、きっとこの子は自分に恋をしていると誤解するくらいに可愛らしかった。リコよりも、ホノカのほうが出演本数は多い。すでに五本に出ているが、撮影期間はわずか数週間だったという。

「それでね、『ガールズバーでは、コスプレイベントもやっているんです。出られますか？』って聞かれて。勿論できますって答えた。だって、採用されたかったから。そうしたら、『じゃあ、よかったら今日から働きませんか』って。やった！　って思ったよね。お財布のなか、五十円だよ？新宿駅まで歩いたくらいお金なかったんだもん」

「でも、そこに行ったら……」

「うん……」

ホノカは口ごもった。

だが、剣木も沙羅も「辛かったら、答えなくてもいいですよ」とは言えない。時間をかけても、どれだけ休憩をはさんでも、教えてもらわなくてはいけない。そうでなければ、検挙できないのだ。

「個室みたいなところがあって。撮影器具とかも、もうあって。今から撮影入るねって言われて……。まずはガールズバーの宣伝写真を撮るから裸になってってって」

「裸に？」

「おかしいじゃない？　ガールズバーならそんなのいらないはずって言ったのに、みんなやってるし、早くしないとお客さん待たせてるからって焦らされて。それでも抵抗してたら、怖い人たちが契約書を持って来て……」

今度は、リコがホノカの手を握る。

高校時代から、互いに支え合っていたのだろうということが理解できる光景だった。沙羅はそれを見てから、おいてあった水を一口、飲む。剣木も、それに倣った。

冷静に聞き続けるには、辛い内容だった。

「この契約書にサインして。今日のコスプレは、女子小学生ね。そのつもりで頑張ってね。アダルトビデオ初体験なんでしょ、きっと売れるよって言われて。『話が違う！』って、あたし、抗議したんだよ。でも、ダメだった」

「無理やり、出演させられた？」

「ううん。それやると、あっちも犯罪になっちゃうから。アタシたちがあくまで『自主的に出たい』っていうまでは粘るの。でもあたしも、耐久力には自信があったからさ。この部屋から出してくれ。今日はもう帰るって五時間ねばったの」

「五時間……。それはもう、監禁罪に問えるな」

「だよね。でもね、五時間後、お腹もすいて、喉もかれて、もう深夜だったし眠くて、隣のガールズバーからはずっと大きな音が流れてくるし……。もう今の状況が終わるなら、なんでもいいって思って、契約書にサインしちゃって……」

ホノカは、ため息をついた。心から、後悔しているような声を、絞り出す。

「もっと、頑張ればよかったんだよね。嫌だ、絶対に嫌だって言い続けたのに、誰も聞いてくれなくて。それで結局……」

「ホノカさんは、悪くありません」

沙羅が、きっぱりとした声で言う。剣木も、うなずいた。

ホノカの目が、二人のことを見上げる。百五十センチもない小さな体だ。屈強な男数人に五時間もねばったとは、思えないほどに幼く見えた。

「食事を与えない、睡眠を奪う、大きな音をかけつづける。これらは拷問で、よく使われる手です。大の男でも音を上げるところで、五時間も自分の主張を続け、それ以上、頑張ることなんて、通常できません」

「そうだな、君は……」

「ホノカさんです」

「そう。ホノカ君は、出来ることを、すべてやったんだ。誇っていい」

相変わらず相手の名前を覚えない剣木に、沙羅が補足する。沙羅は一瞬呆れた顔をしたが、続いた言葉に、剣木を見つめ直した。

「アダルトビデオ業界では、洗脳の手口も年々、巧妙化している。撮影から映像が流出するまでは、通常三か月。撮影は序盤の数週間にまとめて行うから、『ほら、誰も君がＡＶ女優って気づかないでしょ？』と事務所やスカウトは言う」

「そうなんですか？」

沙羅の問いに、剣木はうなずく。

実際には、編集作業はもっと短い期間で行うこともできる。だが、そこを長期化させることで、少女たちの警戒心を解くのだ。

「女性側も、お金をもらっているし、契約書も書いたからと、強気には出られない。そして三か月後、映像が流出すると、ネットで動画は無料で拡散されていく。消せないデジタル・タトゥーになるんだ」

「デジタル・タトゥー……」

「一つ聞くが、その契約書には、『自ら進んで性的行為をした』と書かれていなかったか？」

「うん。あったよ。だから、破棄してくれって言ったの。だって、全然自分からやったわけじゃないもん。沢山怒鳴って、契約書にサインしなかったら実家まで押しかけるって何度も言われて、それで書いちゃっただけだから」

「よし。それなら、その件も、すぐに検挙できる。身体と自由を束縛し、害を与えると告知したわけだからな。書類を書いた件だけでも、強要罪。そのほか、監禁罪にも問える。こちらも早急に動こう」

ホノカは、目を丸くして剣木を見ていた。リコも同じだ。

「……どうした？」

「AV業界にいて一番失ったものは、処女とか、未来とかじゃないかもしれないなって、今、思いました」

まるで泣くのをごまかすように笑っているリコをみて、剣木は眉根を寄せた。その二つほど、重要なものがあるだろうか、と。

だが、リコの言葉に、ホノカもうなずく。

「一番なくしたのは、他人への信頼感。警察に来たら解決するなんて、私、全然、思えてなかった。ホノカに言われてきたけど、絶対無理だと思ってた。どうせ警察は、役に立たないと思ってた……」

ごめんなさい、と小さくいうリコは、頭をさげる。

剣木は、顎をなでた。水商売につとめている男女が、異性の友人と話をするとき、「なぜ、無料でこいつと喋ってやっているんだろう」と感じてしまう話はよく聞く。認知のズレが生まれたことに恐れおののき、昼の仕事に戻る者も多い。

同じようなことが、少女二人にも起きていたのだろう、と剣木は結論した。

「ひとまず、今日は家に――、可能ならどちらかの家に泊まったほうがいい。警察に相談に来るというのは心理的な負担も大きい。甘い菓子でも買って、ゆっくり風呂にでも入るのがいい」

「そうですね。リコさんは明日撮影があって家も知られているということですので、ホノカさんの家に泊まれるとベストです。ちなみに――」

と言ってから、沙羅は口ごもった。この先の言葉を、口に出していいのか分からなかったのだ。

それを悟ったかのように、剣木が代わりに言葉をつむぐ。

「金の面だが、親や親戚には頼れなそうか？　君たちはまだ十八歳だ。派手な生活をしたいわけでもない。親に援助を頼ってもおかしくはないが――」

リコとホノカは、同時に体を硬くした。最初に部屋にいたとき同様に、殻にこもってしまったような姿だった。

いや、信頼できない大人を前にした子供たち、というべきだろう。

「……すまない。大人に頼るのが無理だから、ＡＶ出ようって思ったんだよな」

二人は、こくりと、うなずく。その姿が、いっそう小さく見えて、剣木は胸が苦しくなった。子どもを殴る親、子どもを性的にみる親、子どもに無関心で放置する親、子どもを精神的に傷つけ続ける親。つまり、虐待する親は、この世にいくらでもいる。

剣木と沙羅は、警察署の外まで、リコとホノカを送った。

二人は夜道を静かに歩いていきながら、門の前で、一度振り返る。すこし迷ったあとに、一つ頭をさげて、また歩いて行った。

その人生に幸あれと祈りたかったが、祈るだけではなく行動が必要なことを剣木は理解している。思わずため息をつくと、沙羅が口を開いた。

「どうして、あの子たちが苦労しないといけないんですかね」

「生まれた家が悪かったというべきか。子どもを愛せない親っていうのは、いくらでもいるもんだ。血のつながりに関係なく、親になる能力ってのは、先天的な性格なのかもしれないな」

「だとしたら、希望のない話ですね。先天的に、子どもを愛せるかどうかが決まってしまうのに、それに気づかず、妊娠させる能力、子どもを産む能力だけは残ってしまう。生まれた方は、不幸ですよ」

「そのなかでも、幸せを見つけていければいいんだが……」

「そんなに、人間は強くはありません」

沙羅が、まっすぐに前を見据えて告げる。

決然とした声のなかに、どこか弱さが見え隠れしていた。沙羅は、新婦の養父母たちと話した後、警視正の家に帰ったはずだ、と剣木は思い返す。そこで何かあったのだろうかと思ったが、聞くべきでもないと思った。

「というか、そもそもですね」

と、沙羅が剣木を見る。

「アダルトビデオって合法なんですか？　本番行為が当たり前に行われているなら、売春禁止法に該当するのでは？」

「昨今は、それも議論されているな。撮影アリ、本番アリのソープみたいなものじゃないか、と」

「……彼女たちの映像、回収できるんですか？」

「アダルトビデオ会社が配布しているものに関しては配信停止ができるな。無料でネットに転がっている分も、掲載者に連絡して削除していける」

「そうですか……」

「ただ、海外経由で転載されたものに関しては、すべて削除するのは難しいかもしれない。消えない傷跡、『デジタル・タトゥー』と呼ばれる所以だよ」

剣木は、顎を抑える。とはいえ、少女たちには、何十年もの長い人生が待っている。その間ずっと、アダルトビデオに出ていたという過去に苛まれることは幸福なこととはいえない。他にも対策を練らなければいけない。

こういう時こそ社会学者の出番かもしれないと思ったが、棚山法明は、すでに亡くなっている。

憂鬱なため息をつくと、「おい、二人とも、早く戻ってこい！」と声がした。

振り返ると、犬居が立っている。その顔が焦燥に彩られているのをみて、剣木と沙羅は顔を見合わせた。午後九時。今日が終わるまで、残り三時間。まだ、二人が休める時間は来そうにない。

＊＊＊

一日に二つもの事件に関われれば、厄日だといえる。それを考えれば、この土曜日の剣木と沙羅は、近年まれにみる大災厄に見舞われたに違いなかった。

剣木の車で到着した二人は、車を地下駐車場に止めると、その上の大きな高層マンションに走った。すでに、パトカーと救急車の音が鳴り響いていた。見に来ていた近隣の住民たちを、捜査員の数人が押さえ込んでいる。高級住宅地の高層マンションで起こった事件は、野次馬を呼ぶのには格好の題材だろう。

マンションの門をくぐると、そこには、異様な光景が広がっていた。

美しいドレスの女性が、エントランスに座り込んでいたのだ。手も腕もドレスも、真っ赤に染めて。

「あれ、新婦の友達ですよね。たしか、貿易会社に勤めている梨花さん」

沙羅が、驚いたように告げる。

「そうだな。ドレスは、たしかに結婚式場で着ていたものと同じものだ」

結婚式場ではつらつとしていた顔も、濃い疲労と呆然とした表情に曇っている。

女が、目線を足元に寄せる。そこには、荒い呼吸をした、血だらけの男が横たわっていた。胸が上下していることから生きていることが理解できたが、その出血量からすれば、危険な状況に変わりはない。

捜査員もいくらかいて、説得に当たっている。女が包丁を持っているため、自棄になって男を刺したり自殺したりする可能性を考えて、強行突破はできないと判断したようだった。そんななかで、先走った刑事の一人が女を確保しようとしたが、無駄だった。

「来ないで！」

と大きな声を上げて、女は、男の体を自分のほうに寄せたのだ。幾重もの切り傷、そして腹から漏れ出す赤黒い傷から、また血があふれ出す。

女——梨花は、ふと、視線をエントランスの外に向けた。その視線は、剣木と沙羅を見つけ出し、泣き笑いの表情にゆがんだ。

剣木は、深呼吸する。正念場だ、と思った。

「私たちが呼ばれた理由が、わかりましたよ」

「そうだな。人質がいる場合、説得に当たるのは、すでに交流がある人物がいいからな。同じ結婚式にでて、会話を交わしたことのある俺と沙羅君は、絶好の人選だろう」

そう言って、剣木は歩みを進めようとしたが、振り返って沙羅を見る。

「沙羅君は、待機していてもいい」

「私は平気です」

「いや、まだ刑事になって一週間だ。包丁をもった犯人のそばに行くなんて、ベテランでもみんなが経験していることじゃないぞ。強がる必要は——」

「彼女は、新婦の友人です」

沙羅は、まっすぐに梨花をみて言った。

式場では、くすぶっているように見えなかった。当たり前だ。大事な友達の結婚式に、暗い顔をしてくるはずがない。裏の顔は誰にも、分からないのだ。

事件が、起きてしまうまでは。

「ドレスも台無し、結婚式も中止、そのうえ親友が殺人をおかすなんて、新婦にとって最悪すぎる一日になるじゃないですか」

「まあ、そうだな」

「だから、せめてあの男性が生きているうちに、梨花さんを説得したいんです」

沙羅は足を進めるが、わずかに震えているのが剣木にも分かった。だが、もう止めはしない。何かあったら、守るしかないかと思うだけだった。

剣木も、沙羅と同じ気持ちだったのだから。剣木と沙羅にとっても大災厄の日だったが、新郎新婦にとってはそれ以上であることを理解していたのだ。

梨花の前に到着すると、捜査員たちが、「近づくな」というように一瞬、手で制そうとした。だが、その場の上長が二人の顔をみて、そばに寄る。

「状況は?」

「……捜査一課では甘やかされているようだが、ここでは敬語を使ってもらいたいもんだな」

「俺が他人を敬うことはない。表面上だけ尊敬しているフリを見せても――。痛っ」

「大変失礼いたしました。私、鶴本沙羅と申します。剣木先輩のかわりに状況を伺いたいのですがよろしいでしょうか?」

現場の上官に口答えしようとした剣木の足を、沙羅が踏む。剣木の前に進んだ沙羅を、一瞬、上官も無礼だと言おうとしたらしい。が、鶴本という名前と、捜査一課から応援が来るという情報で、理解したらしい。

「警視正の娘か。まだ現場に出られるような実績は積んでないだろうに」

「父から、『現場をよく見るように』と指導されました。今回の加害者と私たちは面識がありますが、どのような状況ですか？」

皮肉に笑った上官に、沙羅は笑顔で応対する。父の言葉を出したうえで、自分たちの優位性を伝え、状況確認。世渡り上手だな、と剣木は痛む足をおさえながら思った。

「エントランスに血だらけの女がいるという通報を受けてな。来てみたら、その背後には刺された男がいた。すぐに捕まえようとしたが、『来たら男を殺す』の一点張りだ。出血量的には、あと三十分が男の体力的にも限界ではないかと救急隊員からは聞いている」

「分かりました。では、説得に当たりたいと――」

「親のコネだけで渡っていけると思うなよ。お嬢様」

頭を下げようとした沙羅に、上官がそう告げる。

「俺らノンキャリアを馬鹿にするような言葉が一つでもあれば、追い落とす。戦場では部下が上司を殺すことが当たり前だったように、警察でも、キャリア組をノンキャリアが潰すなんてことはよくあることだ」

「……ご助言に感謝します」

沙羅は、頭を下げるのは、やめた。まっすぐに上官を見つめて、背筋を伸ばす。沙羅はそこまで背が高い方ではないが、見上げる姿勢になったとしても、媚びへつらうのは嫌だった。

「ただ、私どもが聞きたいのは、私個人に対する助言ではなく、エントランスの二人に関する情報です。ほかに、めぼしいものは？」

「……ねえよ」

「そうですか。では、一旦これにて」

そういって、沙羅が剣木を見る。剣木も心得て、痛む足をひきずりながら追いかけた。

いつも沙羅のほうが剣木を追いかけるのに、立場が逆だ、と思いつつも、沙羅の口上は気持ちよかった。とはいえ、心配でもある。

「いいのか。いつもみたいに笑顔でにこにこ『ありがとうございます』だの『ご助言感謝します』だの言わなくて」

「最初から、敵意をもって接してくる人間に、礼儀を尽くす必要はない。そう思うようになりまして」

「なるほど、潔いな」

「……これ、確実に先輩の影響ですから。もし上にいけなかったら、責任取ってもらいますから」

「そうだな。その時は永遠に現場仕事を手伝ってくれ。いや、俺が手伝うほうになるのかな」

剣木の言葉に、沙羅も笑った。

二人は梨花のそばまで近づき、足を止める。梨花が、男の首元に当てている包丁に、力をこめたからだ。剣木と沙羅はうなずきあう。

剣木はエントランスに片膝をつく。沙羅も同じように床に両膝をついた。膝のほうから、じわじわと温かい血の感触が肌に触れる。男はほとんど意識がないようだったが、まだ荒い息をしている。下あご呼吸が始まっているわけでもなく、あの上官の言う通り、すぐに死ぬことはないように思えた。

「……昼間ぶりだな。ええと……梨花さん」

「先輩、覚えていたんですね」

「車の中で名簿をみたんだよ。毎回教えてもらうんじゃ教育係の名がすたる」

「最初から、すたり続けてますけど」

「なに⁉」

剣木は思わず沙羅をみる。沙羅が睨み返すと、ぷっと噴き出す声が聞こえた。声の主は、梨花だった。二人のやり取りを聞いて、包丁をもってないほうの手で口元をおさえる。白かった顔の下半分が、血に濡れた。

「あなたたち、どこでもその調子なのね」

「笑うほどの漫才性はないと思いますが……」

「だって私、人を殺そうとしてるんだよ。この人、あたしの彼氏。その人のおなか刺してるのに、目の前でいつものやり取り。……馬鹿らしくなっちゃった……全部」

梨花の手がゆるむ。包丁も、首元からすこし下がった。今なら、無理やり確保することもできると沙羅は思ったが、剣木が手で制する。

「……なにがあった？」

「……捕まえなくていいの？　今なら、私もう抵抗しないかもよ」

「それで、君は救われるのか？」

「……」

梨花が、剣木を見上げる。そんなことを言われると思っていなかったような顔で、昏く曇っていた目に、初めて感情が灯る。

だが、剣木は場を繕うように咳払いした。

「いや、今のは俺らしくなかったな。俺は、謎を解くためにここにいる。さっさと教えてもらえた方がよかっただけだ」

それを聞いた梨花は、困ったように笑った。沙羅のほうをみると、呆れたような顔で、やはり笑っている。

「あなたも大変ね」

と梨花が更に声をかける。

「ええ。でも、楽しいです」

沙羅の答えに、剣木は抗議しようとした。楽しいとはなんだ、自分は謎を解くために最大限、他人を利用しようとしているだけだ、と。

だがそれを見越した梨花が、言葉を続ける。

「今日、早めに家に帰れたでしょう？　結婚式も始まる前に終わっちゃったし。みんなで――ヒナとアキちゃんと三人でご飯を食べてから、家に帰ってきたの。そしたら、彼氏が家にいて――」

「浮気をしていた、とか？」

「……AV見てたの」

沙羅は息をのんだ。先ほどまで、少女たちから話を聞いていたばかりだった。撮られるものがいれば、楽しむものもいる。

梨花は、剣木の方を見上げて、言い訳するように言った。

「別にね。絶対に見るな、とか言わない。そういう気分のときもあるだろうし。でも、私とは、もう二年してないいんだよ？」

「セックスレス、ですか」

「うん……。大学二年から付き合って、三年になるころにはなくなってた。二人で解決しようって言ってるのに、恥ずかしいから病院には行きたくないって……。私はこんなに苦しいのに、恥ずかしいなんて理由で断るんだって、そのたびに絶望して」

梨花の目から、涙がひとしずくこぼれる。

「私とは全然しないのに、こういうのは見るんだって思ったら……」

「それで、刺してしまった？」

「ううん。喧嘩しただけ。でも、レスのままだったら結婚できないよって話し合ってるうちに……。優菜のことを、馬鹿にされて……」

「優菜さんを？」

突然の名前に、沙羅が目を見張る。剣木も同様だった。

夕方前にも会った、お金に厳しい美しい女性。知的で、理性もあって、清楚な女性。その人の名前は、いまこのエントランスには似合わなかった。

「どうせあいつら離婚するよ、とか。お前は優菜のことを何も知らないとか。それを聞いてるうちに……気づいたら、刺してた。こいつ、逃げてさ。それ追いかけてたら、いつの間にか、ここに……」

「そうですか……」

剣木と沙羅が沈黙すると、「梨花！」という声がした。

振り返れば、ヒナとアキと呼ばれた女性二人が、私服姿で立っている。

「梨花！　何があったの！」

「絶対見捨てないから。大丈夫だからね！」

そんな声をかける二人を、捜査員が人の波に押し戻そうとする。

梨花は、うつむいた。いくつもの涙が、男の血に濡れた頬におちる。

「どうして、こうなっちゃったんだろうね。朝はみんな、幸せだったのに。なにが、悪かったんだろうね」

「……行こう。まだ、その男は生きている。今なら傷害罪で済むが、死んだら殺人罪になって刑が重くなる」

「どっちでもいいよ。前科がついたら、今までみたいな働き方はできないもん。刑務所からでても、仕事なんてないもん……」

そういって、梨花は男の体の下にあった一枚のDVDを手にとった。

何のDVDなのかは、血にかくされて見えない。

「これを……。お願い、他のひとには見せないで」

「どういうことだ？　このDVDが一体……」

「先輩、これ、AVじゃないですか？」

「ああ、喧嘩の元の……？」

梨花はうなずき、手から包丁をおとす。現場の上官や、梨花の友人たちが、はっとして顔を上げるのがわかる。

梨花は最後に男を強くだきしめ、「ごめんね……」と一言、告げた。涙が何度も零れ落ちる。男の呼吸は、さらに荒くなっていた。梨花の謝罪の言葉だけが、静かなエントランスに響く。


梨花の一言を合図に、捜査員たちが一斉に動き出し梨花を確保した。救急隊員たちは男の傍にかけより、意識の確認と処置をはじめている。タンカも運ばれてきて、剣木と沙羅は、上官に無理やり立たされた。

梨花の友人たちが、その名前を何度もさけび、捜査員たちに抑えられている。友情とは、すぐに壊れるものだという人もいる。だが、そういう人間は、壊れる程度の友情しか持ち合わせていないだけだ。

剣木は刑事になってから、どんな犯罪をおかそうと、味方で居続ける親友たちを見てきた。どんな被害に遭っても、最後まで支えようとする人々もみてきた。

人間の善意は限りないことを、剣木は知っている。なぜ、そこまで他人のためにできるかは分からないが、そういうものらしいと思っている。

「先輩、これ……」

だが、そんな剣木の感慨をよそに、沙羅はＤＶＤの血をぬぐって息をのんでいた。

剣木も、それをみて、目を見開く。

——すべての事件のカギが、ここに、揃ったのだ。

＊＊＊

車に乗り込んだ剣木の助手席に、沙羅もすべりこむ。すぐにシートベルトをしめて、車を発進させた。

前を行く車の遅さに苛立ち、車線変更して無理やり追い抜く。

「先輩、スピード出しすぎです！」

「分かってる！」

沙羅の声に、剣木が怒鳴り声を返す。

今まで、高ぶった感情をそのままぶつけることのなかった剣木の言葉に、沙羅が目を見開いた。

剣木もそのことに気づき、右手でハンドルを叩いた。

「……今回の犯人がわかった」

「……どなたですか？」

「俺だ。俺が、棚山法明を殺した、張本人だ」

剣木が、夜の東京に静かに呟いた。

前の車のテールライトが光り、口元をゆがめる剣木の顔を、残酷に映し出す。車はひた走った。

その背中に、罪を乗せて。

第四章　ウェディング・タトゥーの微笑

剣木にとって、すべての謎は解くためのパズルだった。

強盗事件、放火事件、殺人事件。迷宮入りの事件たち。解けない謎は何もないと思っていた。

もちろん、証拠や証言が足りないものは、不可能だ。それでも丁寧に探っていけば、絡まった糸がほぐれて、一つの真実にたどり着く。

その瞬間だけ、剣木は、生きていてもいい気がするのだ。


「どうして、嘘をついた」

開口一番そういった剣木に、女は答えなかった。

結婚式場のスタッフ用のロッカー室で、女は、ただ剣木を見つめている。いや、見据えている、といったほうが正しいかもしれない。

その目には、悔恨なんてものはなかった。

「お前の――すまない。君の嘘で、推理は一度、破綻した。最初から、すべて話してくれれば……」

「どうせ、壊れるものは壊れるのよ。結婚も、推理もね」

答えたのは、狛江真由――亮一の昔の彼女だった。その姿は、白いシャツと紺色のベスト。この結婚式場のウェディング・プランナーそのものだった。

式場はいくつかの事務所があり、殺人事件が起きた現場を使うわけにもいかず、真由や、現地にいたプランナーたちも本部である初台の式場に集められていた。系列店にかかってきた電話は、すべてここに転送されるようになっている。

「それより、何？　こっちは忙しいのよ。殺人事件なんて起きたから、キャンセルの電話が鳴りっぱなし。本部まで来て、残業しながら電話を受けるなんて初めてよ」

「プランナーの一人に聞いた。私用と怪我で、今日は二人で休んでいる、と。そしてその内のどちらか、あるいは両方が、ベテランなのだと俺は推理した——。その私用で休んでいる方のベテラン職員とは、君のことだな？」

「……随分早い推理ですこと」

「皮肉はいい。なぜだ？　なぜ亮一は、昔の彼女が勤める結婚式場で、式を挙げることになったんだ？」

「それはまったくの偶然。新婦のほうが、この式場を気に入ったのよ。契約した後に、私がいたことを亮一は知ったのよね。キャンセルするにしても、多額の違約金がかかる。なにより、私のことを新婦に話さなきゃいけない。だから言わなかった。それだけでしょ」

剣木は、釈然としない。

狛江真由は、何度も復縁を迫っていた。そんな人間と新婦を接触させていいと、亮一が思うはずがない。

「だとしても、問題が起きるとは思うはずだ」

「あのね。式場っていうのは、どこも、すぐに埋まっちゃうものなの。一年、二年待たせることなんてザラよ。ここをキャンセルしても、すぐに他が見つかるわけじゃない。そもそも、選ぶのだって沢山時間がかかってるの。その労力を全部無駄にして、新婦にも昔の恋人の話をするなんてメリットがないじゃない」

「メリット、か……」

今朝もそんな話をしたな、と剣木は思う。もう、随分昔のことに思えたが。

「では、新婦は今も、君が誰なのかは知らないんだな？」

「亮一が話してないだろうしね。ただの友人だと思い込んでるはずよ」

「なるほど。それは唯一の救いかもしれないが……。俺にとっては、君自身が災厄だ」

そういって、剣木は言葉を区切った。

控室のロッカーに背を預ける真由の前に、一歩進み出る。

「君は、ドレスの犯人ではない。そうだな？」

真由は、剣木をみつめたまま答えない。沙羅が心配そうに見ると、仕方なさそうにため息をついた。

腕を組みなおして、剣木を見つめ返す。

「だから、何なのよ。別に、悪いことはしてないんだからいいじゃない」

「よくない。君のせいで――」

「先輩。ダメです」

剣木の言葉を、沙羅が止める。確かに、その後の言葉は、続けるべきではなかった。

「……すまない。なぜ、嘘をついた？　自分がドレスを切った、などと」

「だって、仕方ないじゃない。犯人は、新婦自身でしょ？」

真由はそう言って、ロッカーに背を預けたまま、足を組みかえた。

剣木と沙羅は、そんな姿を見て、口を閉ざす。真由は、嘲笑するような顔で告げる。その顔には勝ち誇ったような表情をしていたが、初めて、若干の罪悪感が漂った。

「新婦にとって、この結婚は、怖いはずよ」

「怖い……」

「だって、本当に幸せになれるか分からない。……いえ、『本当に、幸せになっていいのか分からない』んだから」

「それは、どういう意味だ？」

「もう知っているんでしょう？」

真由は、沙羅が持っている、血にまみれたＤＶＤを見つめる。そこには、美しい少女――としか見えない女性が、高校生の制服を着て立っていた。学校とおぼしき場所で、周りには数人の男がいる。

「新婦は――優菜さんはＡＶ女優だったんだから」

そのＤＶＤのパッケージは、たしかに、優菜のものだった。今より随分、幼く見える。化粧のせいもあるかもしれないが、実際に、優菜が高校を卒業してすぐに撮られたものだろうと剣木は推察した。

「養父母から逃げるように東京に来て、大学に行くには、他に手立てがなかったんだ。仕方ないだろう」

「別に、責めちゃいないわよ。でもね、私は嫌だった。私と別れたあとに、亮一はＡＶ女優とつきあったんだよ？　ウェディング・プランナーもして地道に働いている私と、ＡＶ女優が同列にされたみたいで腹が立って仕方なかった。そんなＡＶ女優より、私のほうがいいと証明したくて復縁を迫ったけど、それにも応じてくれないし……」

「どうして、それをさっき言わなかったんですか。教会で……」

「言えるわけないじゃない……。いくらら刑事さん相手でも、『ＡＶ女優に敗けたくない』なんて……」

真由が、パッケージを見つめる。そこに映っている優菜は、心底嫌そうな顔をして泣き叫んでいた。パッケージ写真は、本編とは別に撮影する。

だが、その撮影でも、優菜は嫌がったのだろう。

「だって……。私だって、一歩間違えたら、そうなっていたかもしれないんだから」

真由は、大きく息を吐く。

自分の選ばなかった道を懐古するかのように。沙羅も俯いた。同じように、自分にもその可能性はあったのだ。

「……私がそっちの道に行かなかったのは、幸運でしかない。お金があっても、奨学金を受けてなくても、スカウトはどこにでもいる。芸能事務所もどこにでもある。自分にそのつもりがなくても、どこかでＡＶ女優にされちゃうんだから」

真由の言っていることは、真実だった。貧困家庭だけが風俗やＡＶ女優などの職に就くわけではない。いつでも、どこにでも、落とし穴はあるのだ。

今日歩いていた道が、明日も安全とは限らない。スカウトがいるかもしれないし、モデル応募のチラシがあるかもしれない。喫茶店のアルバイトの募集に擬態していることすらあるのだから。

「新婦がやったと思い、罪を自分で背負おうと?」

「私、亮一に言ったことあるの。あんなAV女優なんかと結婚するの? 他の男とやりまくって、それを撮られた汚い女——って」

沙羅が息をのむ。人間には、言ってはいけない言葉がある。その一つが、いま、真由が発した台詞だ。

その言葉を当事者でもある亮一に言ったとすれば、そこにわだかまる感情は、並大抵のものではないだろうと理解できた。

「あの静かな亮一が、私の頬を叩いたわ。思わず手が出てしまったみたいで、亮一が一番、驚いていた。ごめんって言ってから、ずっと私を、憎らし気に睨んでいた……。私には、償わなきゃいけない過去があるのよ」

その時の亮一のことを思えば、剣木には、真由に同情するわけにはいかなかった。

自分の大好きな恋人を、侮辱された。それも、すでに辞めた職業で。真由にも、今ならそのことが理解できるのだろう。

「だから……。新婦が怖くなって、ウェディング・ドレスを傷つけたなら。その罪を私が背負うことで、償おうと思ったの。あの子は、奨学金受けていたんでしょう? お金もないはずだし。私なら、働いてきた時の貯金がすこしはあるから」

「今思えば——。君は一度も『自分がやった』とは言わなかった。君の言葉に『自白ととらえていいか?』と聞いた時も、明確な答えは避けた。その時点で、俺が気づくべきだったな」

「そうでもないわよ。ウェディング・プランナーはね、あいまいに言葉を濁すことに長けているの。いろんなお客さんがいるからね。刑事さんたちが騙されても、不思議はないわ」

そう言われても、剣木と沙羅は浮かばれない。

嘘の自供を信じてしまうなんて、二流、三流だ。自分がやった、という明確な言葉も得るべきだった。捜査一課の担当する事件ではないから、休日だから、小さな事件だからと侮っていたのだ。

――これは、俺の責任だ。

剣木はそう自戒する。二度と、繰り返してはいけない、と。

「もう行っていい? 電話、まだ止まらないから。早くみんなのところに戻らないと」

「いや…………もう一つ、君に問いたださなければいけないことがある」

「なに?」

「分かっているんだろう?」

剣木は、ナイフを握るように、手を動かした。

「今日、式場は人手不足だった。だが、天井に設置する風船は足りていない。そんな時、会場には、ベテランの上司――君がいる。ウェディング・プランナーたちは猫の手も借りたい状況だ。君は、風船の飾りつけを手伝ったな?」

「だって、仕方ないじゃない。部下が困っていたら、助けるのが上司の役割。たとえ休日でもね」

「それは理解できる。俺たちも休日だが、なぜか駆り出されている。だが――」

目を細めた剣木を、沙羅は不安げにみつめる。その剣木の顔には、どこか悲観があった。人間に対する、あるいは、自分自身に対する悲嘆だ。

剣木のそんな顔をみるのは、沙羅にとって本意なことではなかった。剣木には、いつも傲岸不遜でいてほしい。そのほうが、ずっと、剣木らしい。先輩として、あるいは教育担当として接してきて、剣木の顔が輝くのは、やはり謎を解くときだけだ。

だが、今回の謎に関しては、剣木は心に傷を負うだろう、と沙羅は思った。

「なぜ、ナイフを披露宴式場に『置き忘れた』？」

「……」

「いや、訂正しよう。ベテランの君が、そんなミスをするとは思えない。君に風船の飾りつけを頼んできた後輩が、忘れたのかもしれないいな」

「……気づかなかっただけよ。他人のことなんて、そんなに見ていないわよ」

「ウェディング・プランナーの視野を分析した研究がある。そこでは、プランナーの視野は一般人の二十三度拡大されていた。子どもが泣けばおもちゃをもって飛んでいき、不審な行動をする者があれば声をかけるスピードは警察以上だった。そんなプランナーのなかでも上官をつとめる君が、そんなミスを？　まあ。仕方ないかもしれないね。実はそんなに実力がなかったかもしれないし」

「馬鹿にしないでよ！　高校出てからずっと、ここ一筋で生きてきたんだから！」

そう言ってしまってから、真由は、ハッとして口を閉じた。

沙羅が、剣木を見つめる。剣木も、哀れなものを見つけてしまったかのように、真由を見下ろしていた。

「……亮一のことは、今でも納得いってない。なんで、私のあとにＡＶ女優なんかと付き合ったのかって。なんか、っていうのは人間的にダメだって言われるわよね。でも私には、その程度の存在でしかないの。ＡＶ女優も立派な仕事だって、私は、思えない……」

真由はうつむいていた。その目に涙があったのかどうか、剣木と沙羅には判断つかなかった。いや、判断をつけたくなかったのかもしれない。

真由は、亮一と優菜は、幸せにはなれない、といった。だが、過去の職業だけで、未来の幸福度を決めていいわけがない。人間はどんなところからも立ち直れる、と思っていなければ、被害者遺族も、大規模災害の被災者も浮かばれない。

「だから。だからせめて何かしたかった。披露宴会場にナイフがあるなんて不吉じゃない。ドレスのこともあったし、それを見て、この結婚はうまくいかないかもって思ってほしかった。そうしたら、すぐに離婚して、亮一が戻ってくるかもって……」

だが、人間の心は、そううまくはいかない。狛江真由の算段は、すべて狂ったのだ。

剣木は、沙羅の肩にそっと触れてから、部屋をでた。促された沙羅も、同様にロッカー室を後にする。残ったのは、真由だけだった。俯いたまま、暗い部屋で微動だにしない、亮一の昔の恋人だけだったのだ。

＊＊＊

「あとは——あの人に会うだけですね」

と言ったのは、沙羅だった。車へと歩く剣木は、顔をしかめた。

「自分の罪と向き合うのは怖いな。いままで、俺が捕まえてきた犯人も、そうだったんだろうな……」

「……剣木先輩は悪くないです。悪いのは――」

「いや、誤魔化すべきではない。俺は、たしかに、一人の人間を殺したのだから。そのことは、現実として受け入れるべきだ」

「どちらにしても、早く行きましょう。次で、すべての事件が終わります」

そういって車のドアを開けようとした瞬間だった。

暗闇から、数人の男がでてきた。その中央にいたひときわ体格のいい男は、犬居だった。渋い顔をして、剣木と沙羅を見つめている。

「犬居？　どうした、急に」

「……残念だよ、剣木」

「なに？」

「捜査はここで終わりだ。お前は、しばらく停職処分となる」

剣木の目が大きく開かれた。沙羅は、「あ」と一声出して、すべてを把握した顔をする。剣木の罪が、ここに発覚したのだ、ということが理解できた。

＊＊＊

「ふざけるな！　あと少しで謎はすべて解けたんだぞ！」

剣木がそう叫んだのは、署の取調室だった。なかにいるのは、刑事が二名。警視庁の人事一課、「監察」の捜査員たちだった。警察官の不祥事を見張る存在であり、身内である警察官を捕まえることから、忌み嫌われてもいる。

「捜査過程に問題があれば、結果にも不審が残る。君、剣木善治は、被害者遺族の棚山亮一を殺人現場に連れて行った。そうだね？」

「知らん！　見間違いじゃないのか？　似た顔は世界に三人はいる」

そこまで言って、剣木はふと気づいた。

「沙羅君はどうした？　彼女も事情を聞かれているのか？」

「……君のバディだ。すべて知ったうえで君を見逃したなら……」

「彼女は何も知らん！　俺一人で行った！」

思わず叫んでから、剣木は気まずそうな顔をした。

上官とおぼしきほうの監察も、ふう、とため息をつく。

「……君のうわさは聞いている。敏腕刑事だと」

「そのうわさを、今しがた、自分自身で否定してしまったがね。これじゃ、完全証言だ」

「朝から捜査のし通しだったんだろう？　おまけに食事もとっていないと聞く。どれほどの刑事でも、ミスは犯すさ」

「待て。俺が食べていないことを何故知っている？」

「監察として、自白を引き出せる状況は作っておくものだ。君の上官からは高級焼き肉店に行ったと聞いた――事件の関係者のいる店を教えたことも問題だが、まあ許容範囲ではある」

ふう、と監察はためいきをつく。今回の事件には、監察としては、物申すところが大量にあるのだろう。

「君の給料と、普段の食生活の質素ぶりと、謎解きを人生の主体としていることを考えれば、目の前に謎がある状況で高級焼き肉を食べることは考えられない」

「……たいした推理だ」

「君ほどではないよ。さあて……。詳しく話してもらおうか。『捜査一課の狼』どの？」

剣木は思わず舌打ちする。そんなあだ名で呼ばれるようになってから、五年以上経つ。だが、今日はどうにも、その名前にふさわしくなかった。

「今回の事件、俺が犯人なんだ」

監察が、眉根をよせた。剣木は、悔しそうに口元を噛む。

「何が、狼だ。狼なら、友人の頼みなんぞ受け入れない。新人と慣れ合ったりもしない。頼む。出してくれ。このままじゃ、もう一人、死人が出るんだ」

監察は、こめかみに手を当てた。それが、この女――四十に手が届こうとするが、どこか若々しい肌をしている女の、考えるときの癖だということが分かった。

＊＊＊

その頃、沙羅も戦っていた。剣木とちがって、場所は取調室ではない。捜査一課の、犬居の机のまえだった。

両手を机におきながら、身を乗り出す。

「どうしてですか！　先輩が事情を聞かれるなら、私も同罪です！」

「君は、罪には問えないよ」

「でも、捜査員から電話があったとき、私はそれを報告しなかった。先輩が現場に被害者遺族を連れてきている、と言われたのに」

「それは、こういうことだ。『新人で、何を言われているか分からなかった。報告すべき事案かどうかも理解できなかった』と。

「そんな……」

「君に事情を聞くのがリスキーなのは、分かっているだろう。警視正の娘さん」

犬居の言葉に、沙羅は言葉を飲み込む。犬居に、父親のことをいわれたのは初めてだった。今まで、家族関係のことには、あえて触れてこなかったのが犬居だったのだ。

そのことに沙羅は心から感謝していたし、犬居への尊敬の理由の一つにもなっていた。

犬居は、沙羅を見上げながら告げる。

「車のなかで、剣木は、『もうすぐすべての謎が解けるのに！』と連呼していた。あれは、本当か？」

「ええ……。あとは真犯人を捕まえるだけです」

「ならば、その真犯人の名前と、君たちの推理を聞かせてくれ。それで一般市民に危険は及ばなくなる」

沙羅は目線をそらして、唇をきゅっと結んだ。

犬居はため息をついたが、その反応は予期していたものだった。車のなかでも、何度聞いても、二人は真犯人の名前を出さなかったのだ。

「市民の安全より、自分たちの手柄か」

「違います……。私たち警察は、何よりも一般市民の安心を保たなければいけない。けれど今回に関しては――どうしても、言えないんです。どうしても」

「それは、剣木も同じか？」

「先輩の方が、その傾向は強いでしょうね。たとえ拷問されても言わないと思いますよ」

「ここじゃあ、拷問なんてものはないが……」

そういってから、犬居は腕を組む。犬居は知っている。剣木が、一度決めたことを曲げないことを。そうして、今目の前にいる沙羅にも、同じ傾向があることを。

沙羅の教育担当を剣木にきめたのは、犬居だ。沙羅の明晰さは、配属前から噂になっていた。ならば、剣木にとってもいい刺激になるのではないかと思ったのだ。

犬居は何十秒も考えてから、大きなため息をついて、沙羅を見上げた。

「君は、警視正の娘だ。沙羅君」

「……それが、どうかしましたか」

「俺には、監察に連れていかれた剣木を解放する手立てはない。だが、君なら……『切り札』が、使えるのかもしれないね」

沙羅は、ハッとしてから、混乱したように頭をふる。

「ダメです。あの人に頼るなんて……」

「どこの家庭にも葛藤はあるだろうな。だからこそ、メリットを考えるんだ。剣木を助けるメリットが、警視正を頼るリスクを凌駕するなら――」

それ以上は、犬居は言わなかった。部下への強要になってしまうし、万が一、沙羅がこのことを警視正にいえば、今度は自分が監察に呼ばれるかもしれない。

自分の担当だった剣木――新人の頃は、今より手に負えなかった――のことを思って沙羅に助言したが、己を守るためのボーダーラインも理解している。

「まあ、無理強いはしないがな」

そういって、犬居は席を立った。

＊＊＊

捜査一課に一人取り残された沙羅は、自分の席に座った。まだ、ここに配属されて七日だ。外回りが多く、この席に座っていた時間は短い。それでも、働いている場所に「自分の場所」があるのは、心持ちに余裕ができる。

隣は、剣木の席だった。警察署の机は、大抵がきたない。書類が積まれていることも多いし、放置されているメモがパソコンに大量に張られていることばかりだ。

そのなかで、剣木の席は異質だった。

三面を黒いボードが覆い、その一面には、森林の絵が張られている。

――芸術を常にそばにおいておくんだ。そうすれば、心に余裕ができる。本来なら観葉植物がいいのだがな。犬居にとめられて、ポスターで諦めている。

そう言っていた剣木の言葉が、脳裏に浮かんだ。

――机は綺麗にしたまえ。新人君。人間は二種類に分かれる。雑多な机だからこそ発想力がわく者と、美しい何もないスペースでないとダメな者。どちらにしても重要なのは、机の広さだ。自分がどちらなのか分からない内は、机を広く保つのがいいな。

まったく、刑事として大事なことよりも、生活面の指導のほうが多かったような気がする。そんな風に七日が過ぎ、今日は突然、事件が多発した。神様というものがいるのなら、バランスという概念を覚えた方がいい、とさえ思った。

沙羅は、背中を椅子に預ける。天井を見上げると、シミがいくつもあった。捜査一課の面々が仮眠を取るたびに見るだろうシミは、誰かが泣いているようにも見えた。


沙羅は、体を起こした。

鞄のなかに手を入れ、スマホを取る。連絡先一覧を開き、ある人物の名前を軽くタップする。今から電話をかけようとしている相手は――あの「警視正」の父親だった。

一瞬、沙羅の指はスマホ画面の上に浮いたまま固まった。しかし、一度目を閉じ小さく呼吸し、発信ボタンを押す。コール音を聞きながら、沙羅は過去を思い返していた。毎日、仕事ばかりで家庭を見向きもしなかった父。時には酔って帰ってきて、母親を殴っていた父。沙羅の成績が落ちると、一晩中、叱責する父。百点を取ってきても、「こんなもので満足するな」という父。

八度目のコール音で、父はようやく電話を取った。

「沙羅？　どうした、俺に電話するなんて」

「お父さん……」

沙羅はしばらく沈黙したのち、意を決したように言った。

「『お願い』があるの。今まで、私、お父さんに頼んだことなんて、何一つなかった。だから……叶えて、くれる？」

沙羅は目をつむる。父がなんと答えるか、沙羅には自信はなかった。親子の情よりも、仕事を優先するのが、この父だと思ったから。

＊＊＊

剣木にとって、人生は退屈の連続だった。父親との生活は荒れてはいたものの、楽しくもあった。常に【ＩＦ】を考えなければいけない人生。

優しそうな老婦人は、殺人犯ではなかったが強盗の元締めだった。猫の首輪には、麻薬密売のための方法が書かれていた。それらの答えを探るのは、言葉の通じない異国で、一番の楽しみだった。とはいえ、それが父親との生活だけで形成されたものだとは思わない。剣木が初めてといた謎は、物心つく前の二つの時だったというから。

それを言ったのは父親だったし、真実かどうかは分からない。だが、本当だとしたら、納得はいく。

謎をといた瞬間の、目の前が明るく開けたような幸福感。

謎をとけない時の、憂鬱で鬱屈した雷雨のような焦燥感。

謎をとく事でしか、救われない人間が今ここにいるのだ。その事実を誰にも認めてもらえない中で、犬居と、沙羅の存在は大きかった。彼らは、剣木のすべてを理解しているわけではない。だが、分からないまま、傍にいてくれようとした。身を焼くような孤独のなかで、それは、大事な救いだった。

「いい加減、ここから出してくれ。何度も言っただろう。急いでいると」

「私も、何度も言ったはずだがな。監察の仕事を把握しているだろう？　君が自分のしたことを認め、反省するまではここから出せない」

「反省させる部分は、業務の範疇ではないはずだ！」

「まあ、そこは私の趣味だ」

「だったら！」

「趣味だから、最後まで付き合ってもらおう。私は、警察官が起こす不祥事が一番嫌いだ。そして一番嬉しいのは、不祥事を起こした警察官が後悔し、自ら辞表をだすことだな」

監察は、警察内で嫌われ者だ。少なくとも、監察が大好きという刑事は聞いたことがない。そのなかでも、この女——虎山和紗は、署内でも有名だった。どこまでも警察官を追い込み、時には監禁ともいえるほど長時間拘束する、と。だがその振舞を指摘するべき監察官はいない。なぜなら、彼女が実績を上げるおかげで、警察内部は浄化されているのだから、と。

剣木はうなった。早くいかなければ。新しい死人が出るかもしれない。その前に、この場所から立ち去るためには——。

「……分かった」

「なんだ?」

「辞表を出す。警察官をやめる。だから、ここから出してくれ!」

「……君は謎を解くのが好きだと言ったな。その趣味を、捨ててもいいのか?」

「仕方ないだろう!」

「もし、君が本当に警察官をやめたら、迷宮入りの事件も増えるかもしれない。そもそも、君は転職できると思っているのか? 人格破綻の社会不適合者を雇うほど、暇な会社があると思うのか?」

「なんでもいいさ。俺は、止めないといけないんだ。このままでは、死人が出るんだ。だから――」

その時、部屋の外から大きな足音がした。

走っている二人の人間の足音と、鍵がこすれ合うような音だ。

「ふむ。意外と遅かったな」

そういって、虎山和紗は席を立った。

扉を開けると、「わっ」といって、沙羅が倒れこんでくる。沙羅も、今この瞬間に扉を開けようとドアノブに手をかけたらしい。

「沙羅君!」

「先輩、釈放です! ……じゃなくて、とにかく今日は外に出られますから!」

「なぜ……。まさか。警視正に?」

「それはいいですから。早く!」

そういって剣木を連れ出そうとする沙羅は、ふと気づいて、虎山を見た。

女性にしては背の高い虎山は、沙羅を見下ろす形になる。威風堂々とした態度に、沙羅は思わず、背筋を伸ばした。ついでに踵を上げ、背伸びをする。身長を追い抜けるわけではないが、ひるまないように精いっぱい虚勢を張りたかった。

「警視正からの直々の命令です。捜査一課、剣木善治を一時解放するようにと――」

「皆まで言わずともわかる。お嬢さん」

虎山は、にやりと笑った。

「だが、遅かったな。あと少しで、彼は本当に辞表を書くところだったぞ」

「えっ」

「行動は迅速に。プライベートの悩みは仕事に持ち込まない。次回から、その点、気を付けるように」

「……それは、監察官としてのご助言ですか」

「いや。君の父親から、自分の娘がどれだけ可愛いか聞いていた後輩としての意見だよ。私が入職したときの教育係は、いまの警視正さ」

そういって、虎山は剣木を促す。剣木も立ち上がって、扉へと寄った。

虎山は、腕を組みながら、そんな二人を見ている。

「初めから、このつもりで？」

「いや？　警視正は一時解放と言ったんだろう。その言葉の通り、今後も、捜査一課・剣木善治については余罪をふくめて調査をおこなう。だが、辞表は受け取らない。どれほどの覚悟があるかを試したかっただけだからな」

「趣味の悪い……」

「おかげで君らは救われたんだ。私が担当でなければ、君は今頃、そんな憎まれ口を叩けなかったからね」

沙羅の後ろから、息を切らせて犬居が入ってくる。

現役刑事とはいえ、二十二歳で大学でも体育があった沙羅には敵わないらしい。柔道などで培われる力と、若さゆえの力は、また別のものだ。

「虎山……」

「よう、犬居。残念ながら『釈放』だ。現地までは、送ってやったらどうだ」

「全部知っているのか？」

「大体、推理は出来るさ。お前は昔から、顔に出やすい」

そう言うと、虎山は書類を整える。三人に敬礼して、部屋を出て行った。その後ろ姿は、やはり立派なものだった。監察の女帝と言われるのもうなずける。

「知り合いですか？」

「中学時代からの同期だ。昔っから推理力が達者でな……。いや、それより」

「ああ。すまんが、早くに現場に行きたい。犯人は――」

「全部、車の中で聞く。行こう」

剣木の言葉に、犬居もそう返す。沙羅がすべて説明したのだろうかとも思ったが、何も言わずとも剣木のことを信頼してくれているだけかもしれない。

そのこと自体を有難いと思いつつ、剣木は走った。

すべてを終わらせるために。物語の始まり、結婚式場へと。

＊＊＊

膝をつく人影があった。祈るように、両手を合わせている。まるでそこに、仏壇でもあるように。

それから、鞄のなかからロープを取り出す。切れ端の部分を輪にして、あたりを見回す。白い披露宴会場。そのなかにある、赤い祭壇のような新郎新婦の机のうえ。沢山張られた警察のテープ……。

人影は、外へと続くドアを開ける。春の夜風が、気持ちよく髪をなでていく。

――死ぬにはいい日だ。

そんな言葉を、どこかで聞いたことがある。今日はまさしく、その日なのかもしれない。

人影はドアの上の留め金に、ロープをかける。何度も輪を引いて、ちぎれないかを調べた。そうして首をくぐらせ、一呼吸する。

――さあ、行こう。

そうして体から力を抜こうとした瞬間――。

「母さん！　ダメだ！」

そんな声が響いた。

「……亮一」

人影の主が、披露宴会場の扉を開けて入ってくる息子をみて呟く。

棚山亮子。殺された棚山法明の妻であり、亮一の母。そして新婦にとっては、義母に当たる。

「お義母さん……」

披露宴会場の扉からは、優菜が、よろめくように歩いてくる。

その後ろには、息を切らせた剣木、沙羅、犬居。そして、ウェディング・プランナーの制服を着たまま、鍵を持っている狛江真由の姿もあった。

「善治から、聞いて。優菜にも来てもらって……。どうして自殺なんて！」

「だって、仕方ないじゃない！　お父さんを殺しちゃったのよ。家に戻っても、あの時の感覚が手に残っているの。もう耐えられなかったのよ……！」

剣木は、狛江真由に言った言葉を思い出す。

――普通の犯人は、自分がしたことに耐えられない。数時間後には、自白するだろう。

自白で済むなら、刑事としてはありがたい。だが、あまりに自責の念にかられれば、死ぬことも多い。拘置所でも自殺対策はとっているが、すべての自殺を防げるわけではないほどに。だからこそ、剣木は急いだのだ。

亮子は、良心の呵責に堪えられる人とは思えなかった。法明が死んだと聞かされたあとに倒れたのは、夫が殺されたことによる悲嘆ではなかった。夫を殺したことによる罪悪感だったのだ。

「目を覚ましたら、病院で。警察から、どういう状況でしたかって聞かれて。私答えられなかった。何を聞かれても、お父さんの死んだときの顔が思い出されて……。刑事さんたちの話を聞くたびに、私は、なんてことをしたんだろうって……」

「母さん……。違う。母さんのせいじゃないよ」

亮一が、涙ながらに慰める。

その言葉に、剣木は奥歯をかみしめた。

「……そうだな」

次に言うべき言葉は、絶対に、自分の口から告げたい言葉ではなかった。叶うことなら、こんなセリフを言わなくてはいけない人生では、ありたくなかった。

「亮一。お前まで誰かを殺すとは、思わなかったよ」

剣木の言葉に、新婦が息をのむ。狛江真由も、目を見開いた。沙羅だけが、辛そうにうつむく。

亮一は、一瞬驚いてから、諦めたように笑った。悲しい笑顔だった。

「知っていたのか」

「検視の結果、致命傷になったナイフの刺し傷は二つあった。一つは、左利きの人間が、腹を刺したもの。こちらは、お母上によるものだろう。もう一つが、右利きの人間のもの。こちらは力強く、心臓まで達していた。……こっちが、亮一、お前だろう」

「……ああ」

「なぜだ。なぜ、父親を殺した？　お前が警察官になったのは、世の中のために働く父親のように、正義を遵守するためだったんだろう？　辞めたとしても、その気持ちに変わりはなかったはずだ」

「……優菜のことを、世間に公表するって言ったんだ」

亮一が、俯いたまま告げる。優菜は、自分の口元に手をあてた。自分の名前が、ここで出てくるとは思わなかったのだ。

狛江真由は、ハッとして優菜をみる。何を公表しようと思ったのか、理解した顔であった。

「AV女優だったことを、次に出す本に書く。結婚式の披露宴でも、それを伝えるって」

「なぜ、そんなことを？　二人は仲が悪かったのか？」

「いや。父は、優菜のことを一番気に入ってたよ……。だって、社会学者として、父には欠けているところがあった」

「一体、どこが……」

と言おうとして、剣木には思い当たることがあった。剣木の父親、敬が言ったのだ。あの社会学者は、恨まれることも多いだろうな、と。

「大学で研究している人間が、貧困問題を研究していることについてか」

「ああ……。気にしなくていいって、僕も母さんも何度も言ったんだ。でも、父はそこに拘っていた。何人かの取材対象に、そういうことを言われたみたいでさ……」

そういって、亮一は優菜を見つめる。

新婦の目に、涙が溜まり始めていた。沙羅がそっとハンカチを差し出すが、優菜は首をふる。

「でも、自分の息子の妻が、貧困家庭にそだったなら話は別だ。AVにも出て、大学生活を送っていたなんて、父にとっては格好の材料だった。自分も、貧困問題の当事者だ。語るべき意味があるって」

「だが……、そんなことをすれば、優菜さんは傷つく。隠しておきたい過去を暴かれるわけだ」

「それも言ったわ。私と亮一、二人でね」

亮子が、悲しそうにつぶやく。両足を曲げたまま、床についていた。脱力した様子で、目には覇気がない。ただ、涙だけがこぼれていた。

「でも、だめだった。『AV女優が差別されるほうがおかしいんだ』『そんな世間を変えるために社会学があるんだ』『今は偏見があっても、十年後には差別をなくす。そのための本なんだ』って」

「お父様にも、正義があったんですね……」

沙羅がつぶやく。その通りだ、と剣木は思った。殺人事件のなかのいくつかは、正義と正義のぶつかり合いだろう。

正義だからこそ、ただの悪よりも、色濃く事件に闇を落とすのだ。

「そうだね……。でも、僕も言ったよ。『今は、その十年後じゃない。僕が生きているのは未来じゃない。今だ。だから言わないでほしい。披露宴で言うなんて、優菜を傷つけるから』って。でも、父さんは変わらなくて……」

「それで、刺してしまった？」

「机にね、ナイフがあったの。どうしてか分からないけど……」

狛江真由が、目を背ける。彼女自身、まさかそのナイフで事件が起きるとは思っていなかった。ただ、この結婚の不吉さを見せつけたかっただけだ。実際に殺人が発生したとしても、誰も真由のことは罪に問えない。

だからこそ、真由を責めようとした剣木のことを、沙羅も止めたのだ。

「人を刺すのは初めてで。意外と、血が出ないんだなって思って。でも、どうしてかしらな。ナイフを抜いたら、一気に血が溢れてきたの。私怯えてしまって。怖くなって。でもあの人は、『痛い、痛い』って新郎新婦の席に行くし……」

「あとは、僕だよ。僕も何が起きているか分からなくて。でも、新郎新婦の席にはね、僕と優菜が作った大事な飾りつけが沢山あった。そこを転げまわる父が許せなくて。いろんなことが許せなくて

「……」

「そして、刺した？」

「ああ……。気づいたら、父は俺を見ていた。生きているみたいな目で。でも、あの時にはもう死んでたんだろうな。ナイフを抜くと血が出るって思って、そのままにした。指紋が出なかったのは——俺が、新郎用の手袋をしていたからだと思うよ」

亮一はそこまで言って、深く息を吐いた。

「馬鹿なことをしたと思ってる。警察なんだから、もっと冷静に対処すればよかったと思ってる。殺す必要までなかったことも分かってる。でも……あの時は、それしか方法がないと思ったんだ。……俺が捕まえた犯人たちと、同じようにね」

「……亮一」

「もう、名前で呼ばないでくれ。僕は、善治の友達でいたかったけど。人を殺した人間を友達にしちゃだめだよ。善治は、まだ刑事なんだから」

「だが……」

「服は、真由が新しいのを持ってきてくれて。ドレスを変えたから、男性用の服も変えたいって言ったらすぐに。母さんの服は、もう沢山血がついていたから、第一発見者になってもらうことにしたんだ。それなら、違和感がないだろうから」

優菜が、狛江真由を見る。亮一の昔の彼女だと、車のなかで言われたときは驚いていたが、それで、すべてを理解した様子だった。

「じゃあ、私が、血まみれの服を洗っている亮一さんを見たのは、その時なのね」

優菜の言葉に、亮一がうなずく。

「まさか、見られているとは思わなかったけどね」

「ちょっと待ってください。優菜さんも、このことを知っていたってことですか？」

沙羅が聞くと、優菜は首をふる。白を基調とした私服が、夜の披露宴式場で、月のように浮いていた。

本当に、美しい人だと剣木は思う。人の美醜にはこだわりはないが、夫が人を殺したと思っても、夫を責めることはしない。それを見捨てようとは思わない。それが、善だとは限らないが、少なくとも、亮一にとっては嬉しかっただろう。

「すべてを知っていたわけではありません。ただ、お手洗いに行ったあと、新郎控室に寄ったら、血まみれの服を着替えている亮一さんを見てしまって……」

「そのあと、新婦控室に戻った？」

「はい。結婚のお祝いをいいに、お父さんとお母さんも来ていて。でも私はうまく受け答えができなくて……。事件が分かった後、お父さんたちが『お前はずっと私といたと証言しなさい』っていうから。お父さんたちが殺したのかもしれないと思って……」

「今回の事件は、ほとんどが優しさで出来ている」

優菜の言葉をうけて、剣木がそう告げた。

「棚山法明は、自分の名誉のためもあっただろうが、ＡＶ女優や貧困家庭の子どもを真剣に救おうとしていた。亮一とご母堂は、優菜さんを守ろうとした。優菜さんの養父母は、優菜さんを守ろうとして虚偽の自白を行い、優菜さんは、自分の養父母を守ろうと同じく虚偽の証言を行った。

ただ一人、善意ではなく行動した人物がいる」

「……私ね」

剣木の言葉に、真由が俯く。

みなの顔が、いっせいにそちらを向いた。

「私が、ナイフを置いていかなければ。人が殺されることなんてなかった。刑事さんの言う通りよ。私のせいで――」

「違う」

「……え？」

「違う。狛江真由、君のせいでもない。ナイフがあってもなくても、人を殺すとは限らない。そもそも、君は、新婦がドレスを切り刻んだと勘違いして、その犯人役に偽装した。ドレスもすべて自分が弁償する、といってな」

亮一が、真由を見た。それは、もしかしたら別れた後はじめて、まっすぐに見据えた瞬間かもしれない。

「何百万もするドレス代金を建て替える。奨学金を返している優菜さんには、大変だろうから。そういえる人間が、何人いる？　君はミスをおかした。だが、それを凌駕するほどの善意もあった」

「じゃあ、一体だれが……」

「俺だ」

剣木は、深呼吸をしてそう言った。

「俺だけが、ただ自分の好奇心だけで動いた」

「善治。どういうことだ？」

亮一の疑問に、剣木は唇をかむ。

この先をいうのは、言葉を出すたびに胸がちぎれるほど痛むだろう。それでも、言わなければならない。自分の罪を、すべて明らかにしなければいけない。

「俺は、何度も『この事件を探るな』と言われた。亮一にも、被害者にも。だが、俺はやめなかった。謎を解くのが楽しくて」

「それは、困りはしたけれど。でも、真由がドレスの犯人じゃなかったんでしょう？　だったら……」

「いや、亮一。それが、ダメだったんだ」

そう言って、剣木は、ネット喫茶で印刷した記事を見せた。被害者の棚山法明と、新婦の養父が対談している記事だった。

そこには、こう書かれていた。


――私の母親は、裁縫の師匠でね。私もよく隣で、裁縫を学んだものです。


服のデザイナーの男女比と年齢について議論しているなかにある一文だった。検索結果のかなり後ろのほうにあるもので、気づいたのは、剣木でも遅かった。

「ドレスを切り刻んだのは、被害者――棚山法明、その人だ」

「え……っ？」

亮一も優菜も、目を見張る。狛江真由も、驚いたように、その記事を見ていた。

「あのドレスの切り刻み方は、裁縫について熟知している者のものだった。だが、この式場には、被害者以外に裁縫に詳しいものはいない」

「どうしてだ？　どうして、父さんが……」

「結婚式に、箔をつけるためです」

亮一の疑問に、沙羅が答える。

披露宴の式場は、月夜に照らされるほどに暗い。そこに電気をつけると、天井に沢山ある風船がみえた。

「この結婚式は、お父様が思う以上に、楽しくて、あかるくて、カラフルだった。でも、本に書くにあたって、もっと悲惨な結婚式のほうがいい、と思ったのでしょう」

「それは、ただの憶測だろう？」

「ええ。ですが、ドレスを解析した結果、複数個所に指紋が出てきた他、からまったお父様の髪の毛も出てきました。それに、ウェディング・ドレスを新婦控室に出したのは、優菜さんが入る十分前。その間に犯行に及べるのは、新郎控室から出ていたお父様以外にはいません」

「そんな……」

「本にはこう書きたかったんだろうな。『貧困からAV女優になった者の未来は暗い。辞めた後でさえ、その魔の手は忍び寄る。義理の娘の場合、結婚式に、彼女を恨む人間がドレスを切り裂くほどに』と。棚山法明の自室のパソコンからは、同様の文章が出てきた。おそらく、かなり前から計画していたんだろう」

優菜が両手の拳をにぎる。そこには、憎しみが見えた。

「許せない」

「……優菜さん」

「AV女優をしてたよ。だから、居酒屋で亮一君と会ったとき、ちゃんと初めにそれを言った。そんな私でもいいですかって。亮一君は気にしないって言ってくれて。そのあと、勿論、喧嘩とかもしたけど。それでも一緒にいようって……」

亮一の母が、座り込んで泣いている優菜の肩に触れる。

優菜は、それに安心したのか、涙を幾重にも流し続ける。

「私、後悔してない。AV女優しなければ、大学になんか行けなかった。死んだお父さんがね、フランス文学の研究者だったの。私どうしても同じ学部に行きたかった。養子にも行ったし、死んだお父さんやお母さんとの繋がりが、どうしても欲しかったから」

「優菜ちゃん……」

「なのに、どうして？　どうして、亮一君のお父さんは、私がAV女優をしていたことに拘るの？　社会のために、私を傷つけていいって思えるの？　どうして……！」

そんな風に泣く優菜に、亮一が、小さく囁いた。

「父さんにとって大事だったのは、僕や、母さんや、優菜じゃない。あくまで、世の中だったんだ」

「……亮一君？」

「なあ、善治。僕、どうして警察をやめたか分かる？」

「給料が見合わないと、お前は言ってたが……」

「それも理由の一つだけど。小さい頃は、父のような人になりたかった。正義のために戦える人になりたかった。でも、取材を受けた沢山のひとが、話すことで傷ついている姿も見てきた。僕まで、正義を追い続けていいんだろうかって分からなくなって……」

そういって、亮一は剣木を見た。かつての友人、警察学校で自分が世話をした社会不適合者の男を。

「それで、辞めた。そのうえ父親を殺すなんて、本当にひどい息子だよね」

「だから、それは違うと言っているだろう」

「……善治」

「ドレスを切り裂いたのは、お前の父親だ。そして俺は、そのことを追求しようとしていた。追求した結果、狛江真由――女性がやったものだと思い込み、そのことを被害者に伝えた。被害者は、きっとそれで決意したんだ。披露宴会場でも、AV女優の件を伝えようと」

「……どうして、そんな……」

「ドレスを切り裂いただろうと迫られた犯人――狛江真由は、違うと答えると思ったんだろうな。まさか自分がやったと虚偽の自白をするわけがない。そうなれば真の犯人探しが始まる。だが、披露宴で、AV女優だと暴露すれば、そちらに意識が行く。犯人は、AV関係者や、それを妬むものだと思って、自分は犯人から外れる……」

「善治、まって。それは全部、憶測だ」

「その通りだ。だが、止めろと言われたことを聞き入れずに続けたのは、確かに俺の罪だ。そしてこの推理は、あながち間違っちゃいない。先ほどの本の原稿には、『披露宴で暴露するなんて外道のすることだ。結婚式は平和で穏やかでなくてはならない』。そう書かれていた。俺に追い詰められた以外に、被害者がそれを披露宴で話す理由がないんだ」

静けさが、披露宴会場に響いた。

この事件は、すべてが優しさで出来ていた。誰かへの、あるいは世の中への。そして、一人ずつが、少しずつ、罪をおかした結果でもあった。

「……すまない。……本当に、すまない」

剣木は、頭を下げた。人生ではじめて。帰国子女で、謝罪の際に頭を垂れる風習がなかったからではない。そこまでして「礼儀正しく謝る」のが嫌いだったからだ。

だからこそ、ドレスの件で謝るウェディング・プランナーにも反発した。だが、今、この件に関しては、謝罪せずにはいられなかった。

「……善治。僕は、後悔してないよ」

亮一が、どこか優しい声で言った。

剣木が顔を上げると、そこには微笑がたたえられていた。すべてを許すような、やわらかな微笑みが。

「父さんが死んだ現場をみたいって、いっただろう。善治はそれに応えてくれた。そして父が真っ赤になって死んでるのをみて、ああ、よかった、って思ったんだ」

「……どういうことだ？」

「父さんはね、間違ったことは言ってないのかもしれない。社会のためなら、犠牲になる人も必要なのかもしれない。世の中を動かすには、死ぬほど痛めつけられる生贄が必須なのかもしれない。でもさ……結婚式場で、過去を暴露された優菜は、きっと父さんが流した血以上のものを流すことになったと思う。あの真っ赤な式場なんてものじゃなく、その心は壊れるほど傷つくに違いなかった」

亮一はそう言って、優菜のそばによった。優菜は、涙でぬれた顔を上げる。

「だから、僕は何一つ後悔していないよ。警察をやめたことも、父さんを殺したことも……ああ、でも一つだけ……」

「……なんだ？」

「優菜と、結婚式を挙げたかった。まっしろな服で、バージンロードを歩きたかった。それだけは……悔しいかも……しれないな」

それきり、亮一の言葉は途切れた。積もり積もったものが決壊し、その顔が涙に濡れたのだ。

亮一の母も、その隣に寄り添った。母と、亮一と、優菜。家族になるはずだった三世代が肩を寄せ合って涙する姿は、胸に迫った。

剣木も、目を伏せていた。顔も背けていたため、その顔に光るものがあったかどうかは分からない。確かなのは、今ここに、救われた人間が一人もいなかったというだけだった……。

＊＊＊

聖母マリアは、月光に照らされながら、地上の人々を見つめていた。

式場のベンチに座りながら、その隣には沙羅がいた。沙羅もまた、今回の事件を思い返せば、ただ悲嘆だけが残る。

「……聖母マリアは、処女のままでキリストを産んだとされる」

「先輩？」

「なぜ人は、性交にそこまで拘るんだろうな。だれが、どんな相手とやっていようが、関係ないじゃないか。そこを気にするから、水商売への差別が起きる。今回の事件のようなことさえ起きる……」

沙羅は答えられなかった。答えは数十もあるが、そのどれもが、剣木が求めるものではないような気がした。

剣木に必要なのは救いであって、正解ではなかったのだ。

謎を解くのが好きな社会不適合者であっても、傷つくことくらいあるのだから。だから沙羅は、ただ隣にいた。自分が剣木のことをすべて分からないように、剣木も世の中のことは分からない。それでいい。分からないまま、傍にいればいいのだというように。


「お二人さん。そろそろ、出てちょうだい」

そんな声が聞こえたのは、それから数分経ってからのことだった。

振り返れば、狛江真由がカギをもって立っていた。

「夜中に急に、この式場を開けろって言われて。本部に黙ってカギを持ってきたんだもの。私も懲戒処分ものよ」

「……すまない」

「まあ、亮一のお母さんは無理に押し入ってるんだから、この際、何を怒られてもいいけど。でも、どうして、ここで自殺するって分かったの？　普通、家とかじゃないの？」

真由の言葉に、剣木が答える。

その視線は、マリア像を見続けていた。

「彼女は、不動産会社でパートをしている」

「……え？」

「自殺者の出た家は、自殺者が出てくれれば賃料が下がる。自分の家をそんな目に遭わせるわけにはいかないと思ったんだろう。くわえて、自殺の第一発見者を息子にしたいわけもないと思ってな」

「なるほど。式場なら、もう殺人が一回起こってるからいいってことね」

「あるいは、長く連れ添った夫の死んだ場所で、死にたかった。あの人も、夫のことを嫌いだったわけじゃないだろうからな」

沙羅が、「悲しい話ですね」と呟いた。剣木には、人の感情は分からない。これが悲しいことなのか、愛情深いことなのかも理解できない。

ただ、わだかまるものがあることだけは、実感として認識できた。

「……まあ、いいわ。それより二人、出て頂戴。これから大事な式が始まるんだから」

「式？　なんのことだ？」

そういって剣木が振り返ると、そこには、ウェディング・ドレスを着た優菜と、同じく白い燕尾服を着た亮一が立っていた。

「私、専門職に就きたいと思ってた。手に職があればお金に困らないって。そして、ウェディング・プランナーになって……。大事なのは、心から、祝うことだって思った。さっきまでの私は、ウェディング・プランナーとしても人間としても三流だった。最後くらい……。仕事では一流でいたい」

「だから、刑務所に入る前に、結婚式を？」

「ええ。神父もいない式だけどね」

亮子も服を着替えて、静かに歩いてくる。亮一と優菜の姿を見る目には、涙が浮かんでいた。

鐘が打たれる。沙羅が、その顔を上げた。

「……いい音」

「ああ……」

「この鐘は、新婦や新郎を祝福するもの、あるいは、その周囲の未来を照らすものだと思ってました。でも……」

そこまで言って、沙羅は、バージンロードを歩いてくる二人を見つめる。

「この世の中にいるすべての人――罪びとも含めたすべての人の幸福を、祈るものかもしれませんね」

「……ただの鐘だ。そこまでの力も、祈りも、あるのかはわからない」

「いいじゃないですか。そう思っているくらいが、救われるんですから」

そういうと、沙羅は立ち上がって拍手し始めた。優菜が、泣きそうな顔で、沙羅を見て頭を下げる。

剣木も立ち上がる。かつての友人、これからの囚人をみて、手を叩いた。

亮一は剣木を一瞬みると、微笑んだ。その微笑みが訣別のしるしのようで、剣木はいっそう強く、両手を叩くのだった。

式は粛々と行われた。剣木と沙羅が披露宴会場から式場に移ったのは、十一時のことだった。それから、式の終わりが近づいたのは、十一時四十五分。今日一日が、終わろうとしていた。

「それでは……。扉を開けます。この先には、新しい未来が待っているでしょう」

司会を務めていた真由が、そう告げる。もともと想定していた未来とは、全く違うだろうことは、誰もが理解していた。ドレス姿の亮子が、泣き崩れる。それを支えながら、沙羅は、新郎新婦のあとを歩いていた。

「……優菜」

「うん？」

「本当にいいの？　どれほどの罪に問われるか分からないけれど。俺と結婚するのは、本当に大変なことだと思う。被害者遺族でも大変なのに、加害者家族なんて……」

「あなたは私のすべてを受け入れた。どうして私が、あなたのすべてを受け入れられないと思うの？」

優菜の言葉に、亮一は顔をくしゃりとゆがめた。笑っていいのか、泣いていいのか分からなかったのだ。

「……扉を、開きます」

そういって、真由が手をかける。

その瞬間、たしかに亮一と優菜は見た。

昼の光に照らされて、笑顔でフラワーシャワーを投げる人々を。

父親も、母親も、友達も、会社関係者も。三十人以上のひとびとが、この若い夫婦の未来を明るいものと信じる姿を。

「優菜！　こっち向いて！」

カメラを構えている友達もいる。その友達は、今は警察署にいるはずだ。恋人を刺した罪で。

「亮一、幸せになれよ！」

棚山法明もいた。血の通った顔で、明るく笑い、息子の人生をただ祝福している顔で。社会のことも考えずに、ただ息子と義娘の人生を応援する姿が。

明るい春の日差しのなか、二人は一歩踏み出したのだ。

未来へと。

――だが、現実は違った。

目の前にいたのは、何台ものパトカーだった。赤いライトが、二人の顔を照らす。白いドレスと燕尾服が、赤く染まっていく。まるで、血のように。

「……亮一」

剣木が、声をかける。亮一は一瞬振り向いてから、表情を変えずに、パトカーへと向かって言った。

曲げた肘にあてられていた優菜の手も、やさしくほどく。

パトカーの一番前にいた犬居が、そんな亮一にゆっくりと歩いていった。

沙羅の隣にいた亮子も、沙羅の手をほどいて、歩き始める。

「……優菜」

パトカーのそばにいた女性が一人、優菜に近づいてくる。

「あかね……」

そういって、優菜はその女性を抱きしめた。優菜の友人のなかでは唯一、現状に不満そうだった女性。その人だけが、この席に参加していたのだ。

剣木は、狛江真由を見る。

「うちの式場は、サプライズもやっているから。列席者の連絡先は知っているの。他の友達たちは警察署にいてダメって言われたけど……彼女は、あいていたから」

棚山法明は、優菜の友達の二つのグループは仲が悪いと言った。それは真実かもしれない。だが、それが真実だったからこそ、優菜にはいま、支える友人がいるのだ。

「……まさか、君が来ているとは」

剣木がいうと、茜は、ぼそぼそと喋る。相変わらず、社交性のかけらも見えないような喋り方だった。

「私は……暇だから。仕事、うまくないし。いつも、役立たずだし」

「だが、祝いに来てくれた」

「……」

「ただ一人、ここにいる。新婦に変わって言う……。ありがとう」

「別に、あんたのためじゃないし……。あたしは優菜のこと、嫌いだけど。でも、……友達だから」

そう言って茜は、優菜の傍に立っている。分かり合えなくても、嫌いでも、そばにいる。そのことが何より大事なのだと、沙羅に言われた子を剣木は思い出していた。

「……亮一さん！」

茜の手が離れたからだろうか。

式場の前に立っていた優菜が、ブーケを持ったまま、亮一に駆け寄った。

捜査員の数名が止めようとしたが、犬居がそれを制する。国家の犬と呼ばれる警察官でも、人情はある。特に犬居のような男には。

「亮一さん！　私、ずっと……ずっと待ってるから！」

優菜はそう言って、亮一に抱き着いた。

亮一も、そんな優菜を抱きしめ返そうとして——やめた。顔を上げた優菜に微笑み、そのまま、パトカーに乗った。もう、振り返りはしなかった。

優菜のことも、剣木のことも。

パトカーの音が、遠ざかっていく。亮子と亮一を乗せて、罪びととしての一本道を、走っていく。

剣木も沙羅も、それを見ていることしか、できなかった。

「もう、二十四時ですよ」

と、沙羅が告げる。剣木も、結婚式場に備え付けられた時計台を見上げた。

たしかに、二十三時五十九分だった。

「長い一日だったな」

「本当に。もう十歳も年を取った気分です」

「……」

「先輩。……元気出してください、とは言いません。ただ……」

「明日になれば、また新しい謎が俺たちの前に現れる」

剣木の言葉に、沙羅は顔を上げる。その顔に、十二時になった時計台の影がかかっていた。もう、昨日は終わったのだ。

「君は中々使えることが分かった。明日からも、俺の後始末を、よろしく頼むな」

「は？　後始末？　いいですか、私、警視正の娘ですからね。先輩の事なんてすぐに追い越しますから！」

「そう。それだ。警視正の持っている迷宮入り事件を紹介してくれるんだろう？　謎を運んできてくれると言ったじゃないか」

「場合によりけりです！　大体、先輩は……」

そう言いながら、二人も式場を後にした。パトカーのサイレンと赤いランプが、二人を照らし出す。


どんな事件が起ころうと、必ず朝は来る。

どれだけ辛い思いをしても、時が解決する。

だからこそ、立ち止まってはいられない。何度でも、どんな時でも、もう一度立ち上がるのだ。

デジタル・タトゥーとなって、消えない過去があったとしても――。

ウェディング・タトゥーとして、新しい未来で上書きをしていくのだ。

ただ、傷つくだけで終わるには、この人生は、勿体なすぎる。さあ……。

新しい一日が、始まる。

（了）

著者プロフィール

寺西一浩
Kazuhiro Teranishi

1979年生まれ。慶應義塾大学法学部政治学科卒業。一般社団法人日本推理作家協会会員。

2002年『ありがとう眞紀子さん』で文壇デビュー。2004年、株式会社トラストミュージック代表取締役に就任し島倉千代子歌手生活50周年事業をプロデュース。2006年『クロスセンス』を出版、日本テレビ主催で舞台化。2007年『新宿ミッドナイトベイビー』、2010年『女優』（講談社）を出版し舞台化、映画化される。『女優』は監督デビュー作となり、第15回上海国際映画祭正式招待作品に選出され、第25回東京国際映画祭2012東京・中国映画週間オープニング作品として上映された。

監督・脚本として『東京～ここは、硝子の街～』（２０１４年）で第38回モントリオール世界映画祭正式招待作品に選出。『東京ボーイズコレクション～エピソード１～』（２０１７年）で第14回モナコ国際映画祭コンペティション部門最優秀グランプリを含７冠を受賞。ＪＡＰＡＮ ＦＩＬＭ ＦＥＳＴＩＶＡＬ ＬＯＳ ＡＮＧＥＬＥＳでは最優秀パフォーマンス賞を受賞。

『ＴＯＫＹＯ24』『17歳のシンデレラ』『Ｒｅｖｉｖｅ ｂｙ ＴＯＫＹＯ24』でモナコ国際映画祭で最優秀主演男優賞他数々の賞を受賞。

連続ドラマ『彼が僕に恋した理由』シリーズ（ＭＸ）、『寺西一浩ドラマ～人生いろいろ～』（ＭＸ）では作・演出を手掛ける。

劇場版「人生いろいろ」（２０２２年）、「占いゲーム」（２０２３年）はＭＯＶＩＸ亀有他全国公開。

２０２３年、橋本哲平、のぐちとしかずと共にＳＡＫＵＲＡ ＴＥＡＭを結成。映画「ＳＰＥＬＬ～呪われたら、終わり～」シリーズ（主演　寺西優真　大村崑）の公開が控える。

ＢＳフジ連続ドラマ「アイドルだった俺が、配達員になった。」（２０２３年７月期）で監督、脚本、プロデューサーを務める。また、占星術研究家として「五行占星術」（２０２２年）を出版。

if～誰がために鐘は鳴る～

２０２３年８月７日　初版第１刷発行

著　者　　寺西一浩
発行者　　寺西一浩

発行所　　HP出版
〒169-0072　東京都新宿区大久保3-8-3-3514
電話 : 03-3209-8377
human.pictures2020@gmail.com
https://humanpictures2022.com/

発　売　　サンクチュアリ出版
〒113-0023　東京都文京区向丘2-14-9
電話 : 03-5834-2507 FAX : 03-5834-2508

印　刷　　シナノ書籍印刷株式会社
組版・装丁　書籍つくる

定価、およびISBNコードはカバーに記載してあります。